Mohammed Aïssaoui

L'affaire de l'esclave Furcy

Gallimard

Mohammed Aïssaoui est journaliste au *Figaro littéraire*. En 2010, il a reçu le prix Renaudot Essai et le prix R.F.O. du livre pour *L'affaire de l'esclave Furcy*.

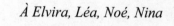

À Elvira, Léa, Noé, Nina

Le 16 mars 2005, les archives concernant « L'affaire de l'esclave Furcy » étaient mises aux enchères, à l'hôtel Drouot. Elles relataient le plus long procès jamais intenté par un esclave à son maître, trente ans avant l'abolition de 1848. Cette centaine de documents — des lettres manuscrites, des comptes rendus d'audience, des plaidoiries — était de la plus haute importance et illustrait une période cruciale de notre histoire. Les archives poussiéreuses, mal ficelées, mal rangées, croupissaient au milieu de bibelots sans intérêt. Le commissaire-priseur les a attribuées à l'État pour la somme de 2 100 euros.

Quelques jours plus tard, toujours à l'hôtel Drouot, l'un des clichés du Baiser de l'Hôtel de Ville, immortalisé par Doisneau, était adjugé 155 000 euros.

Les deux événements n'ont aucun lien entre eux. Et ce n'est pas le roman de deux amoureux sur le parvis d'une mairie qui vous sera conté ici, mais l'histoire de l'esclave Furcy qui, à trente et un ans, un jour d'octobre 1817, dans l'île de la Réunion que l'on appelle alors île Bourbon, décide de se rendre au tribunal d'instance de Saint-Denis pour exiger sa liberté. Au nom de la justice. Il tient, serrée dans sa main, la Déclaration des droits de l'homme et du citoyen.

Ce procès durera vingt-sept ans. Après de multiples rebondissements, il trouvera son dénouement le samedi 23 décembre 1843, à Paris.

Malgré un dossier volumineux, et des années de procédures, on ne sait presque rien de Furcy, il n'a laissé aucune trace, ou si peu. J'ai éprouvé le désir — le désir fort, nécessaire, impérieux — de le retrouver, et de le comprendre. De l'imaginer aussi.

1

Le soleil clément ajoutait à la douceur du monde. Furcy aimait tout particulièrement ces instants paisibles et libres, quand la forêt appelait au silence. Pas un bruit... Juste, au loin, la musique d'une rivière. Le calme fut rompu par le pépiement effrayé d'une nuée d'oiseaux qui s'envolèrent d'un trait. Puis il entendit le hurlement de chiens qui se rapprochaient.

L'homme noir courait à perdre haleine, ses yeux grands ouverts disaient la terreur. Le torse nu, il transpirait comme s'il pleuvait sur lui. Son pantalon de toile bleue était déchiré jusqu'aux cuisses. Il boitait. Dans son regard, on lisait la certitude qu'il n'arriverait pas à s'échapper, la peur de la mort. Son souffle s'épuisait à chaque pas. Il pouvait tenir encore un peu, un tout petit peu, jusqu'à la Rivière-des-Pluies qu'il connaissait par cœur, et qui pouvait le guider vers la montagne Cimandef, puis à Cilaos, le refuge des esclaves en fuite. Avec les pluies diluviennes de la semaine passée, il suffirait de se laisser dériver en restant bien au milieu de la rivière, et environ cinq kilomètres plus bas, s'arrêter sans forcer, près d'un rocher qui faisait contre-courant — d'autres l'avaient déjà fait, ce devait être l'affaire d'une heure, tout au plus, avant d'arriver au pied de la montagne.

À une vingtaine de mètres derrière lui, deux énormes chiens, la bave aux lèvres, le poursuivaient. Pour leur donner plus de hargne, on les avait affamés. Ces bêtes étaient suivies de loin par trois hommes : deux blancs coiffés d'un chapeau de paille qui portaient un fusil — des chasseurs de chèvres sauvages et d'esclaves — et un noir, tête nue. Ils semblaient assurés d'arriver à leur fin.

Il restait moins de cinq mètres à courir pour pouvoir plonger dans la rivière. C'était encore trop. Au moment où l'esclave allait mettre un pied dans l'eau, il trébucha. Un chien sauta sur lui et mordit sa cuisse droite, tétanisant tous les muscles de son corps. Le deuxième chien le prit à la gorge alors qu'il se débattait. On entendit un cri lourd.

Au loin, les deux blancs sourirent. Ils ralentirent le pas, comme pour apprécier davantage le malheur de leur proie et laisser les chiens terminer leur besogne. Le noir qui les accompagnait baissa la tête.

Furcy, aussi, avait entendu le cri. Il se trouvait de l'autre côté de la Rivière-des-Pluies. Dissimulé derrière un pied de litchi, il avait tout vu. Il restait figé. Depuis sa cachette, il avait remarqué une fleur de lis tatouée sur chaque épaule du fuyard allongé, ses oreilles et son jarret étaient coupés. Ces deux mutilations signifiaient qu'il avait déjà tenté de fuir à deux reprises. Quand les deux hommes arrivèrent près de l'esclave agonisant, ils marquèrent un temps, se regardèrent, puis le prirent chacun d'un côté. Ils le jetèrent dans la rivière. Et s'essuyèrent les mains. Le corps moribond flottait comme un bout de bois au gré du courant qui était fort ce jour-là.

« C'est l'ordre de M. Lory, dit le premier, un marron qui ne peut plus travailler constitue une charge trop lourde. Et la troisième fois, c'est la condamnation à mort. De toute façon, Lory l'aurait battu à mort, tu le connais. » L'autre acquiesça en clignant simplement des yeux.

Le premier chasseur sortit un carnet de sa besace, avec un crayon qu'il mouilla de ses lèvres, il inscrivit : « Capturé / mort / à la Rivière-des-Pluies / le nègre marron Samuel appartenant à M. Desbassayns et loué au sieur Joseph Lory, habitant de Saint-Denis / 30 francs à recevoir / 4 août 1817. » Il referma son carnet, satisfait. Puis, il donna quatre sous au noir en récompense du renseignement qu'il avait fourni pour repérer Samuel.

Dans la tête de Furcy, le cri continuait de résonner.

Les faits de ce genre étaient fréquents à l'île Bourbon. J'aurais pu vous décrire la scène où un esclave fut brûlé vif par sa maîtresse furieuse parce qu'il avait raté la cuisson d'une pâtisserie. Et raconter l'histoire de ce propriétaire qui, apprenant que son épouse avait couché avec son domestique noir, fit creuser un trou et laissa mourir l'amant — alors que tout le monde connaissait cette femme dont on disait que le démon avait saisi son bas-ventre. Il n'était pas rare, non plus, de voir des esclaves si maltraités qu'ils en devenaient handicapés. D'autres avaient moins de chance, ils mouraient à force de tortures, puis on les enterrait dans le petit bois comme on enterre une bête — sur les registres, on les déclarait en fuite. Certains préféraient se suicider pour en finir plus rapidement avec un sort funeste...

Ainsi allait la vie quotidienne dans les habitations bourbonnaises en ce début du XIXe siècle.

2

M. Joseph Lory avait invité Auguste Billiard à sa table, l'une des plus courues de Saint-Denis, autant dire de toute l'île : on n'y recevait que des gens d'importance. Billiard en éprouvait de la fierté, et disait à qui voulait l'entendre qu'il ambitionnait de devenir le député de Bourbon — des trois candidats, il était le favori. Il venait de Bretagne, et avait effectué une série de voyages pour observer les dysfonctionnements de l'administration coloniale et proposer des solutions dont il était certain qu'elles seraient approuvées en haut lieu, à Paris.

Billiard s'était vite renseigné sur les codes en usage dans la région. À Bourbon, une sorte de hiérarchie des réceptions s'était établie. Comment serait-il considéré ? S'il était accueilli à la terrasse située dans le jardin avant l'entrée, c'est qu'on voulait seulement l'impressionner. S'il était convié à se diriger vers la varangue, c'est-à-dire de l'autre côté de la maison — le côté intime, moins spectaculaire, mais bien plus important —, c'est qu'il faisait presque partie de la famille (c'est là que les mariages commençaient de se nouer). Joseph Lory n'avait pas voulu prendre de risque : il avait opté pour la varangue, après avoir fait visiter la propriété à son hôte.

Billiard était bavard, on n'entendait que lui. Il avait un besoin obsessionnel de donner son avis sur toute chose et de faire partager ses réflexions qu'il introduisait par la formule « Vous n'êtes pas sans l'ignorer... » ou sa variante « Vous savez... ». Le genre d'homme qui, dès qu'il avait lu quelques pages sur un sujet, s'en proclamait aussitôt expert. Il était inutile de le relancer.

Joseph Lory avait exigé que son domestique Lucien reste pour assurer le bon déroulement du dîner. Furcy avait proposé de prendre sa place, il savait que le samedi soir Lucien rejoignait Adrienne à Saint-André.

L'horloge affichait minuit, le ciel était noir et étoilé. Il faisait doux sous la varangue. Billiard s'extasiait à chaque nouveau plat et exigeait des explications, il faut dire que Lory avait tenu à servir son dîner préféré : un menu composé d'un potage à la tortue, de faisans de Pondichéry, d'un carry de buffle de Madagascar et d'une magistrale corbeille de fruits dont l'invité ne pouvait s'empêcher de toucher les plus beaux, posant des questions sur leur provenance. Le repas traînait en longueur, à cause des bavardages de Billiard. Il disait entre-prendre la rédaction d'un récit de voyages, il hési-tait, pour le titre, entre « Souvenirs des îles de France et de Bourbon » et « Voyage aux colonies orientales ». Il mourait d'envie de démonter les théories de l'académicien Jacques-Henri Bernardin de Saint-Pierre pour lequel il éprouvait le plus profond mépris, du mépris pour l'homme et pour son œuvre, notamment les deux volumes de son *Voyage en île de France et à l'île Bourbon*. Il jugeait la renommée de l'auteur de *Paul et Virginie* usurpée et pensait que, lui, il réaliserait un bien meilleur travail.

Furcy ne supportait plus les paroles de cet homme imbu de sa personne, il parlait devant lui comme s'il était invisible. Pourtant, il lui faisait presque face.

« Les esclaves, s'exclamait Auguste Billiard en attrapant un morceau de mangue, oh, vous n'êtes pas sans ignorer que leur plus grand bonheur est dans l'oisiveté. Les domestiques noirs ont en général plus de temps que n'en ont les maîtres pour se reposer, n'est-ce pas monsieur Lory ? »

Ce dernier ne répondit pas. En verve, et sans contradicteur, l'invité, qui avait dû voir un noir pour la première fois de sa vie moins de trois mois auparavant, ajoutait :

« On peut dire que le mot esclave est synonyme de voleur, de paresseux et de menteur. Montesquieu nous en a dit la raison, il y a parmi eux beaucoup d'exemples de vices. Je regrette que le vol que commet l'esclave ne soit pas réprimé comme un crime, mais comme une simple contravention de police. Il ne reçoit que vingt-cinq à trente coups de fouet pour le délit qui mériterait au moins cinq ans d'emprisonnement ou des travaux forcés. »

Furcy amena les cigares pour signifier qu'il était

temps d'en terminer. Il profita d'un instant pour dire à Lory qu'il serait lundi à l'habitation à 5 heures, comme d'habitude, et que s'il avait besoin de lui dimanche, il pouvait se rendre disponible. Auguste Billiard n'avait pas l'air de comprendre qu'il lui fallait quitter les lieux. Il regarda Lory en soufflant une bouffée de son cigare, et il lança :

« Vous savez que les esclaves n'ont pas besoin de vêtements ?

— Non. Et pourquoi donc ? questionna Joseph Lory au risque de faire durer la conversation.

— Parce que la couleur noire est un vêtement dont ils sont recouverts. Il est approprié au climat où la nature les a placés. Vous n'êtes pas sans l'ignorer : c'est pour être nus qu'ils ont été faits noirs. Aussi, le nègre auquel on donne des habits se hâte-t-il toujours de s'en débarrasser. »

Lory acquiesça, autant parce qu'il ne s'opposait pas à l'idée, que pour ne pas relancer le bavard. Il avait eu une dure journée, il était épuisé, mais il ne put se retenir :

« Monsieur Billiard, je le dis autant à l'homme que j'apprécie qu'au futur député de notre île : les esclaves nous reviennent cher. J'ai là, dans mon habitation, deux vieillards dont je ne puis me défaire. Ils se fatiguent vite et ne me rapportent plus rien, c'est par humanité que je les garde. Où iront-ils ? Et j'éprouve le plus grand mal à faire travailler efficacement nombre d'entre eux... »

Billiard l'interrompit :

« Je vous le répète, l'esclave est paresseux et menteur. Je n'ai qu'un conseil : soyez dur, mon cher

Lory, ce sont les nègres qui demandent qu'on les commande. Quant à leur coût, j'en conviens. J'ai lu une étude (il s'arrête un instant, met son poing devant sa bouche pour retenir un rot, puis continue précipitamment de peur d'être coupé)... Dans les bonnes habitations, les noirs sont estimés entre 120 et 150 piastres dans les inventaires de succession. Ils reviennent tellement cher en impôts, et vous n'êtes pas sans ignorer que certains propriétaires sous-évaluent le nombre de leurs esclaves pour n'avoir pas à payer la capitation. Vous savez, on peut remplacer avantageusement un noir par un cheval ou un mulet. »

Puis, il lâcha ces mots qui faillirent faire s'étrangler Lory.

« Peut-être l'abolition donnera-t-elle à ces nègres une bien meilleure idée du travail ? Qui sait ? Je réfléchis à des propositions dans ce sens. Et je militerai avec la plus forte énergie. Vous savez que j'entreprends la rédaction d'une réglementation que je présenterai à son excellence, monsieur le ministre de la Marine ? J'ai déjà le titre : *Projet de Code noir pour les colonies françaises.* »

Quand Furcy partit en cuisine pour donner l'ordre aux domestiques de partir, Billiard se pencha vers Joseph Lory.

« Dites-moi, cet esclave m'impressionne favorablement, chuchota-t-il, en faisant un signe de la tête vers l'endroit où se trouvait Furcy, il a de la tenue, de l'aisance, et une certaine éducation, même (cette fois, il ne peut retenir un rot). Pardon... Où l'avez-vous acheté ? »

Lory sourit, avec fierté :

« Je n'ai pas eu à l'acquérir. Furcy est un Malabar, c'est-à-dire un habitant de la côte ouest de
l'Inde mais il est né à Bourbon, dans l'habitation de
ma tante. Elle me l'a légué à sa mort, en même
temps que sa mère qui vient de Chandernagor. C'est
un esclave exemplaire. Je n'ai jamais eu qu'à me
louer de sa fidélité et de sa soumission. Je lui ai
confié des responsabilités : c'est mon maître d'hôtel, et il me donne entière satisfaction. »

3

« L'affaire de l'esclave Furcy » contre Joseph Lory est née peu de temps après cette douce nuit sur l'île Bourbon. Elle a commencé au tribunal d'instance de Saint-Denis, et s'est achevée vingt-sept années plus tard, fin 1843, à la Cour de cassation, à Paris. Ce qui est tout simplement inimaginable quand on sait qu'un esclave n'avait pas le droit d'assigner directement son maître en justice.

Je ne connais pas grand-chose de Furcy, mais je sais que je l'attendais, je l'ai cherché, même. Il faut fouiller dans les « souterrains de l'Histoire ». Cette expression d'Hubert Gerbeau, l'un des rares universitaires à s'être penché sur le sort de Furcy, me plaît beaucoup. Et c'est dans ces souterrains que j'ai rencontré Furcy. Dans ces archives laissées presque à l'abandon. Je reviendrai sur les circonstances extraordinaires qui m'ont amené à les découvrir. Depuis mars 2005, Furcy ne m'a jamais quitté. Il m'accompagnait dans mes balades, dans mes rêveries, le jour, au milieu de la nuit, jusque dans mon sommeil. Je marchais de longues heures en l'ayant à l'esprit. Les photocopies des documents restaient en permanence dans mon sac. J'avais peur de les perdre. Je les ai lues et relues une centaine de fois.

J'ai mené une longue enquête comme s'il avait disparu hier, comme si je pouvais le retrouver vivant. Dès que je découvrais un élément nouveau, si mince fût-il — un lieu où il était passé, une phrase se référant à lui... — mon cœur se mettait à battre plus vite. Puis, je tentais de retrouver mon calme. Je me consolais des chagrins du monde en pensant à lui. Je puisais quelque force dans son courage et sa patience. Je m'habituais à sa présence. Et il m'arrivait de m'adresser à lui.

J'ai cherché à comprendre ce qui pousse un homme à vouloir s'affranchir.

J'ai voulu rompre, à ma manière, ce long silence dans lequel il était maintenu.

4

Madeleine était une esclave fidèle et soumise. Sans doute avait-elle transmis tout cela à son fils. À près de soixante ans, dont plus de cinquante de labeur, elle sentait que la vie était en train de la quitter. Sa bouche avait de plus en plus de mal à trouver l'air, une pointe au niveau des poumons l'oppressait. Comme elle pensait sa fin proche, elle avait préparé trois malles destinées à sa fille, Constance, et à son fils, Furcy.

Le 15 septembre 1817, on la retrouva morte, un matin, vers 6 heures, elle qui ne s'était jamais levée après 5 heures. Son visage affichait un sourire paisible. On l'enterra sans cérémonie.

Dans les deux grandes malles, on trouva des vêtements, beaucoup de vêtements qu'elle avait confectionnés et soigneusement pliés. C'étaient ses seuls biens ; elle avait un don exceptionnel pour la couture. Les meubles, une marmite et les ustensiles de cuisine appartenaient à son maître, Joseph Lory. Le lopin de terre sur lequel elle cultivait son maïs, ses lentilles et ses pois du Cap serait repris par son propriétaire. Elle possédait deux poules, aussi. On les donnerait à un esclave méritant. La petite malle contenait de nombreux papiers qui formaient un dossier remarquablement volumineux pour une personne qui ne savait pas lire. M. Lory n'en voulait pas, il était effaré par ce qu'une telle femme pouvait conserver. « Je n'en ai que faire de ces papiers, qu'ils aillent à sa fille ou qu'on les brûle », avait-il pesté, sans aucune retenue. Tout de même, Madeleine avait servi l'habitation durant une trentaine d'années, avec dévouement ; elle n'avait jamais montré le moindre signe de mauvaise humeur ni rechigné à l'effort. Mais la principale préoccupation de Lory était de devoir acheter une autre esclave tout aussi efficace ; il savait qu'on n'en trouvait pas aisément sans y mettre le prix, et avec ces foutues lois sur la traite des nègres, l'achat devenait compliqué. Il y songeait depuis quelques mois déjà, lorsqu'il voyait Madeleine, essoufflée, s'arrêter pour reprendre sa respiration. Il ne se rappelait plus exactement son âge — peut-être cinquante-cinq ou soixante ans —, mais il pensait alors pouvoir attendre encore un peu.

Madeleine avait vu le jour en 1759, sur les bords du Gange, à Chandernagor, en Inde. Elle avait été vendue à une religieuse du nom de Dispense, le 8 décembre 1768 à l'âge de neuf ans. Elle n'avait presque rien coûté : un Portugais, du nom de Faustino de Santiago l'avait cédée pour la somme de 55 roupies. Santander, un témoin, aurait assisté à la scène et cosigné l'acte de vente, sans qu'on sache comment elle s'était trouvée entre les mains de ce Portugais. L'Indienne avait d'abord passé trois ans à Lorient avec la religieuse. C'est dans cette ville froide et austère que Madeleine s'était imprégnée des bienfaits du christianisme, et qu'elle avait perdu son joli prénom — tout le monde l'appelait Magdalena, à Chandernagor. Alors qu'elle la reconduisait dans son pays natal, la religieuse, âgée, avait fait escale à l'île Bourbon. Elle s'était sentie trop fatiguée pour continuer le voyage jusqu'en Inde. Elle avait donc confié Madeleine à Mme Routier et la lui avait « donnée » à condition qu'elle lui accorde l'affranchissement et qu'elle l'aide à retourner à Chandernagor. Bourbon ne devait constituer qu'une escale ; mais Madeleine, comme toutes les personnes qui ont été arrachées à leur terre de naissance, avait horreur des lieux de transit : elle savait que l'on pouvait y rester toute une vie. Elle avait vu juste, car cette Mme Routier n'avait jamais eu l'intention de respecter sa parole, trop heureuse d'acquérir une main-d'œuvre gratuite au moment même où son mari disparaissait.

Mme Routier avait attendu plus de vingt ans avant d'affranchir Madeleine, le 6 juillet 1789. Cette date n'est pas liée au hasard. La veuve avait entendu les bruits qui venaient de France. Elle avait eu peur de payer de lourdes indemnités, d'autant qu'elle avait signé une promesse d'affranchissement.

Malgré sa nouvelle condition, Madeleine était restée sous les ordres de Mme Routier... Entre sa vie d'esclave et celle de femme libre, rien n'avait changé. C'était comme ça. Et, du reste, qui dans l'habitation pouvait bien savoir que Madeleine était affranchie ? Personne. Sans doute pas même elle. Mme Routier n'avait pas cru utile de l'en informer — elle avait caché l'acte d'affranchissement.

5

Lorsqu'elle avait débarqué à Bourbon, Madeleine avait de la douceur et de la beauté. À quinze ans, elle était plus grande que beaucoup d'hommes de l'habitation ; avec l'âge et la fatigue, elle avait eu tendance à se courber. On remarquait ses cheveux bouclés, presque frisés, qui lui tombaient sur les épaules, une taille fine, des courbes avantageuses et, surtout, ce visage harmonieux avec ces yeux noirs en amande. Elle souriait à la moindre occasion. Elle était dotée d'un caractère heureux. Il lui arrivait souvent de rêver du Gange, sans trop savoir pourquoi ; elle n'avait pas oublié le goût particulier de son eau, un goût qu'elle n'avait jamais retrouvé ailleurs. Et quand elle y pensait, des larmes lui venaient sans qu'elle réussisse à les retenir. Elle se souvenait aussi de certains arbres de son village — ils étaient hauts —, d'un ruisseau clair dans lequel il lui arrivait de se rafraîchir et d'une maison sans toit, mais elle avait oublié le prénom de ceux qui avaient accompagné son enfance, sauf Abha, sa meilleure amie — qu'était-elle devenue d'ailleurs ?

Elle se rappelait le prénom de sa mère, Mounia, et celui de son père, Mehdiri. Elle ne se souvenait plus de son nom de famille, on ne le lui avait jamais dit.

La beauté de Madeleine ne laissait évidemment pas indifférents les propriétaires d'habitation. Un jour, alors qu'elle n'avait pas encore seize ans, elle ne reconnut plus son corps. Ce sang sans blessure avait cessé. Elle donna naissance à Maurin, qui mourut jeune en 1810. Constance est née en 1776, sa mère avait dix-sept ans. Furcy est né dix ans après sa grande sœur. J'ignore s'ils étaient du même père.

Née d'une mère esclave, Constance aurait dû vivre en esclave. Mais un homme, blanc, du nom de M. Wetter, dont elle partageait visiblement quelques traits — des yeux verts qui contrastaient sur cette peau de miel — l'avait rachetée à Mme Routier. Celle-ci avait accepté bien vite l'aubaine de se débarrasser d'une bouche à nourrir — ce n'était qu'une fille, elle rapportait peu. Et puis il était d'usage qu'un père rachète l'enfant qu'il avait conçu avec une esclave. On disait, non sans fondement, que les colons de Bourbon avaient plus d'enfants avec des esclaves qu'avec leurs épouses. C'est pourquoi les « sang-mêlé » se multipliaient à vue d'œil, sous le soleil généreux de l'île.

La ressemblance entre Furcy et sa mère était frappante : un petit mulâtre, le visage comme dessiné par un peintre, et ces yeux en amande, noirs aussi... Mme Routier était contente : un garçon, c'était toujours bon pour l'habitation. Elle saluait la promesse d'une main-d'œuvre future, et connaissant la solidité de Madeleine, elle pouvait se frotter les mains.

Si Constance avait pu être affranchie, Furcy, lui, n'avait pas eu cette chance — dans une famille, il pouvait donc y avoir un enfant soumis à l'esclavage et un autre qui vivait libre.

À la mort de Mme Routier, en 1808, Furcy avait été « légué », avec sa mère, à Joseph Lory, le neveu et gendre de la défunte. La mort n'épargne personne, pas même l'indestructible Mme Routier. Elle avait tout prévu, même son décès. Et, comme elle avait tout dirigé sa vie durant, elle avait tenu à régenter la suite, jusqu'au montant des frais de succession. Son testament témoignait d'une mainmise parfaite sur les choses et l'existence. Elle avait cédé tous ses biens à Joseph Lory, avec cette recommandation écrite d'une plume fine et serrée. Après la disparition tragique de son époux, elle avait pris soin d'authentifier le document auprès du notaire de Saint-Denis, maître d'Eymerault.

> Je, Marie Thérèse Jeanne Lory, veuve de Monsieur Paul Henri Routier, propriétaire demeurant à Saint-Denis, soussignée,
> Voulant user de la faculté que m'accorde l'article 1075 du code civil par le présent testament, et ainsi qu'il suit, lègue

les biens que je possède à mon neveu Joseph Lory.

MASSE DE BIENS

— Une propriété à Saint-Denis, cette propriété se compose d'une maison de pierre sur un terrain de 1 500 mètres carrés avec un pavillon en bois, un magasin, une cuisine, une geôle pour les esclaves récalcitrants, une infirmerie, une fermette, une écurie pour les chevaux, un poulailler, et vingt cabanes pour les noirs.

— une sucrerie

— Une giroflerie

— Une caféterie

— De la vaisselle en argenterie estimée à 500 francs

— Une armoire

— Six mulets estimés à 2 500 francs

— Quatre bœufs estimés à 6 000 francs

— 17 esclaves estimés dans l'ensemble à 41 000 francs, ayant pour nom, pour âge, fonction et origine :

— Un lot composé de Rémi (42 ans, cafre, domestique), sa compagne Minutie (27 ans, cafre, cuisinière) et leurs trois enfants (3 ans, 2 ans et 6 mois), estimé à 7 000 francs

— Un lot composé de Jupiter (Malabar, 55 ans, sans profession), sa compagne Maman (38 ans, Malabar, femme à tout faire) et leurs quatre enfants (Justin, 18 ans, noir de pioche, Sérafin, 16 ans, noir de pioche, Madi et Mado, jumelles de 10 ans, à la giroflerie), lot estimé à 22 000 francs, les enfants sont en location pour une année.

— Justin (Malabar, 29 ans, né à Bourbon, commandeur dans la plantation de Sieur Desbassayns), loué 100 francs par mois.

— Samuel (cafre, 24 ans, noir de pioche), noir récalcitrant, en fuite. Non estimé, pour inventaire.

— Madeleine (Malabar, 59 ans, femme à tout faire), sans valeur, et son fils Furcy (Malabar, mulâtre, 30 ans, né à Bourbon, maître d'hôtel, jardinier et maçon) estimé à 7 000 francs.

— Jamine (cafre, 16 ans, femme à tout faire), estimée à 1 000 francs (la malheureuse a perdu son esprit).

— Mina, jeune négresse créole, laveuse, repasseuse, couturière, avec un enfant de deux ans et un autre à naître. Ensemble estimé à 4 000 francs.

Routier avait ajouté un mot destiné à Lory :

Mon cher neveu et gendre, je te confie ma fortune que j'ai fait fructifier avec la seule force de mes mains. C'est à toi que je la laisse, et à toi seul, car tu as mon caractère et ma volonté. Je te conseille vivement de ne pas céder aux sirènes de l'affranchissement, tu sais à quel point un esclave est un bien rare et difficile à rentabiliser. Dans le lot, seule Madeleine a été affranchie il y a bien longtemps,

mais elle m'est restée fidèle. J'avais fait une pro-
messe à Dieu et à Mademoiselle Dispense de la
libérer, je te demande de tenir mon engagement
pour que je n'aie rien à me reprocher le jour der-
nier. Enfin, mon cher neveu, prends garde aux filous,
les droits de succession ne devraient pas dépasser
les 4 000 francs.

   Je suis bien peinée à l'idée de ne plus te revoir
mais il me faut prendre ces dispositions, je t'em-
brasse. Garde-moi dans ton cœur.

   Après l'enterrement de Mme Routier, Joseph
Lory avait décidé d'attendre un peu avant de tenir
les engagements de sa tante : les temps étaient durs,
Madeleine pouvait encore servir.

Voici comme on les traite. Au point du jour, trois coups de fouet sont le signal qui les appelle à l'ouvrage. Chacun se rend avec sa pioche dans les plantations, où ils travaillent, presque nus, à l'ardeur du soleil. On leur donne pour nourriture du maïs broyé, cuit à l'eau, ou des pains de manioc ; pour habit, un morceau de toile. À la moindre négligence, on les attache, par les pieds et par les mains, sur une échelle ; le commandeur, armé d'un fouet de poste, leur donne sur le derrière nu cinquante, cent, et jusqu'à deux cents coups. Chaque coup enlève une portion de peau. Ensuite on détache le misérable tout sanglant ; on lui met au cou un collier de fer à trois pointes, et on le ramène au travail. Il y en a qui sont plus d'un mois avant d'être en état de s'asseoir. Les femmes sont punies de la même manière.

Extrait de *Voyage à l'île de France,
à l'île Bourbon et au cap de Bonne-Espérance*,
de Bernardin de Saint-Pierre, 1773.

6

Constance ne fut pas autorisée à garder les vêtements que sa mère lui avait laissés. Des trois malles, elle ne put conserver que la plus petite, celle emplie de papiers qui ne servaient à rien.

Elle avait souri au souvenir de la manie de sa mère qui conservait tout ce qui était imprimé. Comme Madeleine ne savait pas lire, elle éprouvait un respect, une sorte de vénération, pour tout ce qui était écrit. Constance n'aimait pas Mme Routier, et encore moins son neveu, Joseph Lory.

Malgré ses quarante ans — et six grossesses —, Constance avait toujours de l'allure, et beaucoup l'admiraient. Elle était ce qu'on appelle une « femme de couleur libre ». On disait « femme de couleur » alors qu'elle avait la peau plus claire que certains colons. Son visage affichait cette grâce que l'on rencontre sous les plus beaux traits des femmes de l'Inde ; et, pourtant, on devinait en elle quelque chose d'européen. Constance était lumineuse avec ses yeux clairs et ses lèvres rouges délicieusement dessinées. Ses cheveux bruns et ondulés, comme ceux de sa mère, tombaient presque au niveau des reins. Mais à la différence de sa mère, elle montrait plus de fermeté, presque de la dureté, dans son expression — une expression qui réussissait à tenir à distance certains hommes présomptueux, surtout depuis la brutale disparition de son mari, M. Georges Jean-Baptiste. De sa mère, elle avait aussi hérité ce talent pour confectionner des vêtements. Grâce à cela, elle s'habillait avec simplicité et une touche d'élégance discrète.

En revanche, elle refusait viscéralement de partager cette résignation qui était si bien ancrée dans l'esprit de sa mère, cette fatalité qui empêchait tout désir de changer le cours d'une vie : « C'est la volonté de Dieu », affirmait Madeleine. Combien de fois avait-elle entendu cette phrase ? Constance s'en irritait, et toujours Madeleine tentait de calmer les ardeurs de sa fille en lui disant que leur existence en valait bien une autre, que Furcy s'était remarquablement élevé dans la société maintenant qu'il était maître d'hôtel dans l'habitation de Lory, qu'il était même le compagnon d'une femme libre, Célérine — l'on voit que la période était décidément complexe puisqu'un esclave pouvait être le compagnon d'une femme libre.

Quand M. Jean-Baptiste était encore vivant, Constance, avec l'appui de son époux, rêvait de pouvoir racheter et sa mère et son frère. Mais les prix montaient d'année en année, et Lory était redoutable dès qu'il s'agissait d'argent. C'était peut-être pour cela qu'elle n'arrivait pas à être triste à l'idée d'avoir perdu sa mère ; elle s'était surprise à penser que Madeleine, à présent, était enfin libérée.

Dans la terminologie usitée à l'époque, Constance était qualifiée de « quarteronne », c'est-à-dire qu'elle était une esclave issue de l'union d'un blanc et d'une sang-mêlé. Mulâtre, marron, quarteron... tous ces termes avaient été créés pour désigner des animaux.

Après la mort de son mari, Constance avait dû élever seule ses six enfants. Certains dimanches, Furcy et Célérine se rendaient à Saint-André, au Champ Borne, où habitait Constance, face à l'océan. Ils l'aidaient dans ses tâches difficiles.

Georges Jean-Baptiste était un homme croyant et généreux, il avait tenu à ce que sa femme apprenne à lire. Il avait dix-huit ans de plus qu'elle, et lui affirmait souvent : « Notre époque appartient à ceux qui savent lire et écrire. Ma chère épouse, je ne te laisserai pas de fortune, et j'en suis affecté. Mais je te transmettrai au moins ce peu d'instruction que j'ai acquise. » Elle signait toujours « Constance, veuve Jean-Baptiste ». À son tour, elle avait entrepris d'apprendre la lecture à son petit frère, qui y prenait plaisir. L'élève avait dépassé le maître, Furcy écrivait remarquablement bien — en cachette. Il aimait lire, aussi. Sa plume, son style rendaient envieux de nombreux notables. Célérine en était fière.

La nuit, Constance se ménageait un peu de temps pour elle avant que la fatigue ne l'oblige à s'allonger. Cela ne durait guère plus d'une heure. Elle lisait souvent la Bible que lui avait laissée sa mère, un cadeau de Mlle Dispense. Et tous les samedis, elle se plongeait dans *La Gazette de l'île Bourbon*.

Ce soir-là, elle avait décidé de mettre un peu d'ordre dans la malle laissée par sa mère. Il y avait de nombreux numéros de *La Gazette de l'île Bourbon*. Mais c'est un petit bout de papier qui attira son regard. Il contenait une vingtaine de lignes, tout au plus. Un tampon lui donnait un air officiel.

C'était un acte d'affranchissement dans lequel figurait le nom de sa mère.

Ayant été requis par madame veuve Routier de lui accorder l'affranchissement de la nommée Madeleine, Indienne, âgée de trente ans, son esclave, en reconnaissance des bons services qu'elle lui a rendus, et pour remplir l'engagement qu'elle a contracté en France de procurer la liberté à ladite Madeleine qui ne lui a été donnée qu'à cette condition. Vu la requête à nous présentée le 3 de ce mois, par laquelle la requête offre d'accorder à ladite Madeleine une pension de 600 livres et les vivres, pour qu'elle ne soit point à charge à la colonie. Nous, en vertu des pouvoirs à nous donnés par Sa Majesté, avons accordé et accordons la liberté à la nommée Madeleine, Indienne, la déclarons à tous et à chacun libre. Voulons qu'elle soit reconnue telle en toutes occasions, pour par elle jouir et user des droits privilèges et prérogatives de personnes nées de condition libre ; sans qu'elle puisse être pour ce troublée ou inquiétée par qui que ce soit.

Saint-Denis, 6 juillet 1789.

« Ce n'est pas possible, ce doit être une erreur »,
avait été la première pensée de Constance. Sans
doute la fatigue lui faisait-elle lire n'importe quoi.
Elle se reprit, puis relut plus lentement pour être
sûre de ne pas rater le moindre mot.

Constance fut prise de vertige, des milliers de
pensées se bousculèrent dans sa tête. Plus de vingt-
huit ans que sa mère avait été affranchie. Vingt-huit
ans ! Et elle était morte comme une esclave, sans
une tombe pour la protéger, ni un nom de famille.
Constance ne savait plus à qui en vouloir. À cette
dame Routier ? À Joseph Lory, l'ignorait-il ? À sa
mère, et ses silences ? Comme guidée par une force
invisible et un étonnant sang-froid alors qu'elle
aurait dû s'effondrer, la femme retrouva ses esprits.
« Si ma mère était libre, alors Furcy l'est aussi », se
dit-elle. Épuisée, elle écarta tout d'abord les nombreux autres documents, puis elle se ravisa, et ce
qu'elle découvrit ajouta à sa stupeur. Elle tomba sur
un ensemble d'une quarantaine de pages rassem-
blées en vue de l'affranchissement de Furcy. Le
dossier datait de 1809... Il semblait bien argu-
menté.

Ce dossier-là, c'était Madeleine qui l'avait
patiemment constitué. À un moment, elle avait bien
cru réussir à donner la liberté à Furcy. C'était tout
le but de sa vie sacrifiée. Durant des années, elle
avait essayé, elle s'était battue contre Routier et
Lory, puis, contre des avocats et contre un notaire
qui l'avait escroquée. C'était ce qui l'avait tuée,
tous ces combats en vain. Car, juste avant de mourir,

sa maîtresse, Mme Routier, dans un moment de repentir lui avait confessé avoir promis à Dieu et à Mlle Dispense de l'affranchir. Sur son lit des dernières heures, elle avait demandé à son héritier de tenir cet engagement pour elle, c'était sa dernière volonté.

Madeleine avait alors consulté un homme de loi qui l'avait informée que, selon la réglementation, Joseph Lory lui devait dix-neuf ans d'indemnités — « des arrérages », selon son expression — pour avoir été maintenue en esclavage alors qu'elle était libre depuis 1789.

Forte de cette information, la mère de Furcy était allée voir Lory en lui disant qu'elle était prête à abandonner ces dix-neuf années d'indemnités à condition que son fils soit libre. Joseph Lory l'avait repoussée violemment, il avait menacé de les tuer, elle et Furcy. Elle avait eu peur pour son fils. Elle aurait pu intenter un procès mais, faute de moyens, elle s'était abstenue.

« Madeleine opposa le silence à l'injustice. » Cette belle phrase, j'aurais voulu l'écrire, elle est de Gilbert Boucher, le procureur général de Bourbon, qui se saisirait de l'affaire. Elle figure dans le volumineux dossier que j'ai retrouvé. Il a dit exactement ceci : « Éconduite dans sa demande, repoussée avec colère, intimidée par les propos menaçants de Lory et craignant de voir rejaillir sur son malheureux fils les effets de la colère, Madeleine n'insista point. Elle opposa le silence à l'injustice, emportant l'espérance que tôt ou tard on ferait droit à sa réclamation. »

Malgré une vie de soumission, elle n'était donc pas aussi faible que Constance pouvait le penser. Je me demande qui aurait pu se battre autant qu'elle, qui aurait eu son courage dans cette situation-là, qui se serait confronté à des notables disposant de toutes les armes ? C'est grâce à ce dossier qu'elle avait méticuleusement rassemblé sans savoir lire que des années plus tard son fils avait pu appeler la justice au secours ; quand on est analphabète, on sait mieux que personne la valeur des papiers, on les range soigneusement en les visualisant bien. Certaines personnes qui ne savent pas lire sont capables de retrouver n'importe quel document administratif des années après l'avoir reçu.

À la lecture des documents, Constance, un peu déstabilisée par la découverte, décida d'aller voir sur-le-champ son cousin Adolphe Duperrier, « un libre de couleur », lui aussi.

Quand il lut l'acte d'affranchissement, Adolphe eut la même réaction que Constance, il crut à une erreur. Mais il était bien question de Madeleine. Et puis il s'agissait de Mme Routier, il n'y avait pas de doute. Adolphe calma Constance qui voulait se rendre dans l'heure chez Lory pour retrouver Furcy dans sa case. Ils décidèrent d'attendre la nuit suivante.

« Cela veut dire que tu es libre, Furcy. Tu avais trois ans quand notre mère a été affranchie. Je ne comprends pas pourquoi elle ne nous en a jamais parlé. Je ne comprends pas. » Constance était essoufflée. Elle prit une respiration, puis ajouta : « Maintenant, il faut réclamer ta liberté. Tu es libre. Tu l'as toujours été. »

Furcy regarda sa sœur, et lui prit les deux mains entre les siennes, sans dire un mot.

Constance possède un nom — Mme Jean-Baptiste —, tout comme son cousin libre, Adolphe Duperrier. Pas Furcy. Je n'ai fait le lien que tardivement : quand on veut priver un homme de liberté, on lui ôte toute identité. On n'est rien quand on n'a pas de nom.

La ville de Saint-Denis n'était pas si grande. Constance croisa Joseph Lory, un samedi en fin de matinée rue Royale. C'est lui qui vint vers elle et l'aborda sans même un mot de courtoisie, nerveux et agité comme lors d'un combat de coqs :

« Si vous nous donnez quittance des dix-neuf années d'indemnités qu'on devait à votre mère, je vous promets de libérer Furcy dans les deux ans, je dois partir en France, je l'affranchirai, et je lui remettrai une somme de 4 000 francs pour moyen de sa subsistance.

— Et pourquoi je vous ferais confiance ?

— Parce qu'il vaut mieux un bon arrangement qu'un mauvais procès. »

Constance hésitait. Cela irait tellement plus vite. Et puis elle n'avait pas les moyens d'engager les frais pour un avocat. Il faudrait voir avec son frère. Rentrant chez elle, au Champ Borne, à Saint-André, elle reprit d'abord la lecture du dossier, pièce par pièce : surtout ne rien rater. C'est ainsi qu'elle découvrit que la famille Lory-Routier avait déjà manqué par deux fois à sa promesse. C'était décidé, Furcy et elle iraient au tribunal, quoi qu'il en coûte.

7

Le 2 octobre 1817, avec l'aide de sa sœur, Furcy s'adressa au procureur général de la Cour royale de Saint-Denis, Gilbert Boucher, qui venait à peine de s'installer à Bourbon. Le procureur n'avait pas eu le temps d'examiner le dossier, volumineux dit-il. Et puis sa femme venait d'accoucher. Il le renvoya à son jeune substitut, Jacques Sully-Brunet. Lui-même dit être très occupé. Mais il accepta de recevoir l'esclave quelques minutes, c'était déjà considérable. Furcy prononça ces paroles :

« Je me nomme Furcy. Je suis né libre dans la maison Routier, fils de Madeleine, Indienne libre, alors au service de cette famille. Je suis retenu à titre d'esclave chez Monsieur Lory, gendre de Madame Routier. Je réclame ma liberté : voici mes papiers. »

Après ces mots, Furcy déposa sur le bureau de Sully-Brunet un lourd dossier tenu par deux ficelles. Sully-Brunet fut surpris par l'aisance de Furcy, il trouva ce Malabar jeune, beau, intelligent, comme il l'écrirait un jour dans ses Mémoires destinés à son fils.

Le jeune substitut Jacques Sully-Brunet prit la peine de jeter un coup d'œil aux nombreux papiers. La lecture du dossier secoua le jeune homme qui sortait à peine de la faculté de droit ; il venait d'avoir vingt-deux ans. L'injustice de la situation le bouleversa : comment pouvait-on asservir un homme alors qu'il était libre ? Comment pouvait-on nier à ce point le droit ? Chose inimaginable, ce garçon allait lancer un véritable pavé dans la mare. Il écrivit au procureur général cette phrase qui allait tout déclencher : « Je pense que l'affaire est de nature à être soutenue en justice. » Sully-Brunet tint à souligner qu'il agissait en son âme et conscience. Il s'appuyait sur un règlement datant de quelques années, et sur le fait que la mère de Furcy était indienne, et affranchie. Dans ce domaine il existait une dizaine de lois se contredisant les unes les autres. Sully-Brunet aurait pu n'en rien faire et rester tranquille, il avait choisi de lancer « l'affaire de l'esclave Furcy ».

Bien que respectueux du droit, Sully-Brunet était de ces citoyens qui ne pensent pas qu'un noir est un « sous-homme » ou un « meuble » que l'on se transmet de père en fils comme l'indiquait alors la juridiction. Le jeune magistrat dénicha un article de loi qui permettait à l'esclave de recourir gratuitement à un défenseur. Cette démarche allait lui coûter cher.

8

Qu'est-ce qui pousse un homme à tendre la main à un autre ? Un regard, une pensée suffit parfois. Presque rien. Gilbert Boucher n'hésita pas une seconde. Et, pourtant, le risque était réel de tout perdre, de compromettre ce qu'il avait mis une vie à construire : sa carrière, sa famille, l'avenir de ses enfants, et aussi une multitude de petites choses qui n'ont de valeur que lorsqu'on ne les possède plus. Gilbert Boucher n'avait pas réfléchi, il fallait aider Furcy, et c'était tout. Était-ce le regard calme de l'esclave qui avait tout déclenché ? Peut-être. Il fallait lui donner toutes les chances de remporter ce procès qui semblait perdu d'avance. Par moments, le doute traversait l'esprit du procureur général. Pas pour son compte — jamais —, mais pour celui de Furcy : n'était-il pas en train de gâcher l'existence de cet homme, fût-il esclave ?

Boucher consultait les pièces du dossier dans son bureau au moment où Sully-Brunet arriva. Il dit simplement à son substitut : « Furcy a besoin de

48

notre soutien, il faut l'aider à monter une argumentation solide. » Ils vérifièrent le moindre article de loi et passèrent en revue tous les papiers de Madeleine et le mémoire qui avait été rédigé en 1809, en pensant y découvrir le détail qui ferait basculer le jugement. L'ensemble était complexe — les réglementations se contredisaient parfois — mais semblait sérieux ; par chance pour l'esclave, le dossier contenait de nombreux arguments en sa faveur. Mais Boucher, en homme d'expérience, le savait : la loi n'est pas toujours juste. La soirée de travail avait été longue, ils avaient terminé après 22 heures ; plus précisément Boucher avait demandé à Sully-Brunet de partir à 22 heures tandis que lui continuait pendant une heure encore à peaufiner les pièces de ce qui allait être « l'affaire de l'esclave Furcy », et à y mettre de l'ordre. Les deux hommes s'étaient donné rendez-vous le lendemain en début d'après-midi pour se rendre rue des Prêtres, chez Célérine, la compagne de Furcy.

Les deux hommes blancs, à l'allure bourgeoise, qui se rendirent rue des Prêtres, à Saint-Denis, ne passèrent pas inaperçus. Dans la maison de Célérine, se trouvaient sa fille Clémentine qu'elle avait eue avec Duverger, Constance et son fils aîné, le cousin Adolphe, et Furcy. Célérine invita Boucher et Sully-Brunet à s'asseoir autour de la table. Furcy se tenait debout, à l'écart, mais pas trop éloigné — ce sentiment de ne pas être libre ne vous quitte jamais, alors vous vous mettez en retrait. Personne ne l'avait remarqué, sauf lui, bien sûr : il était le seul esclave dans cette maison.

C'est Boucher qui parla le premier, il porta son regard vers Constance, et il dit : « Nous pensons que Furcy a besoin de suivre un plan pour recouvrer sa liberté. » Puis, comme s'il avait entendu les pensées de Furcy, et estimait qu'il était indélicat de ne pas s'adresser directement à lui, il se décala légèrement pour être en face de celui qui se considérait toujours comme un esclave. Boucher le regarda — sa voix se voila, trahissant son émotion —, il lui parla, comme s'ils n'étaient que deux, dans la pièce :

« Vous devez vous regarder comme libre. Vous êtes un homme libre. »

On n'imagine pas à quel point quelques mots simples peuvent agir sur le cœur d'un être. Depuis cet instant-là, exactement à partir de cet instant-là, Furcy ne cesserait jamais de se considérer comme libre. On peut dire qu'il était devenu différent. Pourquoi sa mère n'avait-elle jamais prononcé ces paroles ? Avait-elle eu peur ?

« Vous êtes libre. Vous l'avez toujours été. Le tribunal vous accordera cette liberté dont on vous a injustement privé. »

Boucher baissa les yeux en disant cela, comme intimidé par le regard calme de Furcy.

La conversation se poursuivit sur les modalités du plan. Chacun devait apporter sa contribution. Furcy devait quitter l'habitation de Joseph Lory, se rendre chez Célérine, et envoyer par huissier une assignation au tribunal d'instance de Saint-Denis pour privation de liberté.

Sully-Brunet prit quelques feuillets de sa serviette, il inscrivit tout ce que Boucher venait de dire et les donna à Adolphe qui se trouvait à côté de lui.

Au fond, chacun savait que les jours qui allaient suivre seraient terribles, le combat était trop inégal, le camp adverse possédait tous les pouvoirs. Mais personne n'osait faire des commentaires, de peur de transmettre ses doutes aux autres.

Furcy intervint posément — ce qui contrastait avec l'atmosphère tendue dans la maison —, il s'adressa à Boucher et lui demanda si, avant de passer à la phase judiciaire, il n'y avait pas moyen d'adresser une simple lettre à Lory et de décider ensuite, en fonction de sa réaction, s'il l'attaquait en justice ou pas. Il voulait laisser une chance à son exploitant. Et surtout éviter que sa sœur, sa compagne, et ces hommes qui le soutenaient sans le connaître, ne soient mêlés à une affaire qui ne les regardait pas et dans laquelle ils avaient beaucoup à perdre. Il voulait vraiment leur éviter tout cela ; lui était prêt à sacrifier le reste de sa vie, mais il souffrait à l'idée de compromettre ses alliés. Boucher convint que c'était une bonne idée, on pouvait expédier une notification qui restait un élément extrajudiciaire ; il ajouta que le dossier était solide et que Joseph Lory, s'il était intelligent, aurait tout intérêt à s'éviter un procès et à affranchir Furcy. Ils décidèrent donc d'envoyer, d'abord, une notification.

Constance raccompagna Boucher et Sully-Brunet. La nuit commençait à tomber et, à Bourbon, on sait qu'elle tombe vite, comme un rideau. On ne distinguait plus les montagnes pourtant si proches. Ils n'avaient pas vu le temps passer. Sur le chemin peu éclairé, ils s'arrêtèrent un instant. Boucher demanda à Constance si elle éprouvait des inquiétudes. La jeune femme se montra déterminée à aller au bout de sa démarche. Le procureur général et son substitut étaient admiratifs. Elle tint même à ajouter :

« Je sais que nous risquons, nous aussi, d'êtres arrêtés ou déportés. »

Boucher la rassura :

« Ne vous inquiétez pas. Si l'on vous déporte, je serai déporté aussi ; et si l'on vous enferme, nous serons enfermés ensemble. »

Constance remercia les deux hommes pour leur dévouement et leur générosité. Le procureur répondit qu'il ne faisait là que son travail, il expliqua à la jeune femme qu'elle pouvait être convoquée dans cette affaire.

« Si c'est le cas, que faut-il que je dise ?

— Dites toujours la vérité, répondit sans réfléchir Boucher. Allez à chaque fois que vous serez appelée ; dites que c'est moi qui ai tout fait. Je ne crains personne. J'ai juré devant mon roi de faire mon devoir. Soyez ferme, et surtout ne signez rien quand bien même il y aurait un détachement de police devant vous. »

Ils continuèrent à marcher un peu, puis Boucher regarda Constance :

« Si vous rencontrez une difficulté, rendez-vous toujours chez Sully-Brunet, il sait ce qu'il faut faire en cas de problèmes. Lui, tout comme moi, nous sommes convaincus que votre frère est dans son droit à réclamer la liberté, sinon nous ne nous serions pas chargés de cette affaire. Mais soyez discrète, et ne dites rien à personne. »

Il répéta à trois ou quatre reprises qu'il valait mieux garder le silence.

À quelques mètres de là, se trouvait Duverger, instituteur à Saint-Denis, ami de Desbassayns et de Lory. Il avait suivi toute la conversation avec attention. Duverger était l'ancien compagnon de Célérine, et le père de Clémentine.

Au commencement du mois d'octobre 1817, l'année de ses trente et un ans, l'esclave commit donc cet acte de révolte, mais à sa manière : tout en douceur et en courtoisie. Il n'était pas encore question de tribunal. Il envoya une simple lettre à Joseph Lory, elle était courte : « Je proteste contre l'atteinte portée à ma liberté. » Il donna une série d'arguments : il était né indien, il ne pouvait tomber en esclavage ; de plus, sa mère avait été affranchie lorsqu'il avait trois ans, il aurait dû être affranchi lui aussi. Il possédait tous les papiers qui expliquaient cela. Il comptait sur la compréhension de Joseph Lory.

9

Furcy savait-il à quel personnage il s'attaquait ?
Son « maître » — le plus souvent possible ce terme
ne sera pas utilisé — n'était pas un simple exploitant, un de ces propriétaires presque aussi pauvres
que certains esclaves. Non, Joseph Lory possédait
des propriétés dans trois villes de l'île, certaines
étaient immenses, il en avait acheté aussi à l'île de
France qui étaient gérées par sa famille. Il avait surtout un soutien de poids : Desbassayns de Richemont, riche sucrier qui détenait de nombreuses
habitations, il appartenait à la plus puissante dynas-
tie de l'île, celle qui pouvait se targuer de détenir
400 esclaves ; son habitation était l'une des rares à
avoir le droit de posséder une geôle pour punir les
récalcitrants. Sa mère, que tous les habitants appelaient, avec des accents de révérence, « Mme Desbassayns », avait régenté l'île Bourbon comme si
elle en était la reine, maternelle et impitoyable.
Aujourd'hui, encore, à l'île de la Réunion, tout le
monde la connaît. Son nom a été donné à une belle
avenue de Saint-Denis. Son portrait figure toujours

dans l'habitation où elle avait vécu jusqu'à quatre-vingt-onze ans — c'est un musée maintenant —, elle a le regard impressionnant et dur, le regard de ces personnes habituées à tout ordonner, et des yeux bleus magnifiques, intenses. Certains l'appelaient « la sorcière », d'autres, « maman ».

Quant à Desbassayns de Richemont, il faisait office de commissaire général ordonnateur de l'île, doté de pouvoirs considérables. Avec le gouverneur, c'était la personne la plus influente de Bourbon. Il faisait la loi avec l'appui de cinq familles de colons ; il s'était octroyé le pouvoir de nommer, de révoquer et de rétrograder les magistrats. Et il en usait, de ce pouvoir. D'une manière plus ou moins éloignée, tous ces colons fortunés avaient un lien de parenté entre eux. Et ce qui les liait plus fermement que le sang, c'est les affaires qu'ils faisaient ensemble ; ils se prêtaient de l'argent, et se tenaient par les dettes. Par-dessus tout, ils n'aimaient pas ces Français qui venaient de France se mêler de leur commerce. Entre eux, ils étaient divisés, se haïssaient parfois, mais le métropolitain — « le Français », disaient-ils — était leur ennemi commun, celui qui les unissait, finalement.

À la fin du XVIIIe siècle, avec la famille Desbassayns en tête, les colons de Bourbon étaient en première ligne pour déjouer le piège de la première abolition, celle de 1794. Ils avaient gagné haut la main, et obtenu que l'esclavage soit rétabli en 1802.

Quand Lory reçut la lettre de Furcy sur laquelle le mot « Notification » était écrit en gros, tout le monde put lire la stupeur sur son visage. Il devint furieux, s'agita, et se mit à crier : « Mais cet esclave, c'est ma part d'héritage. Personne ne touchera à mon bien ! Je vais le lui faire comprendre. »

Lory était un négociant hors pair. Il avait su diversifier ses activités pour ne pas dépendre d'une seule matière, et il possédait plusieurs petites plantations : girofle, muscat, maïs, café, sucre. Il achetait et il vendait. Dit comme cela, ça peut paraître simple, mais c'était l'un des métiers les plus risqués, et ils étaient nombreux à s'être ruinés. Le secret de Lory résidait dans le fait de ne jamais se laisser griser par la possibilité de gagner plus : il savait s'arrêter quand il l'avait décidé, et tant pis s'il eût pu empocher davantage. Pour diversifier et ne jamais dépendre d'un seul domaine, même s'il est le plus fructueux, il faut mutualiser les risques (seul l'alcool a toujours rapporté, dans toutes les contrées). Il avait appris les langues du commerce, du moins les mots qui suffisent pour faire de l'argent. Il savait lire dans les yeux, il connaissait les gestes qui emportaient la mise — il fallait par moments ajouter deux ou trois billets, être plus généreux en poids, ou glisser un présent pour l'épouse. À l'occasion, il usait de menaces, il savait faire aussi. Par ailleurs il ne prenait soin ni de lui ni de la manière de s'habiller, c'était exprès : en affaires, dans la plupart des pays, il n'est pas bon d'apparaître riche ; il faut que les clients aient le sentiment de vous rendre service. Lory sentait les choses comme personne, par exemple ce que telle région serait prête à payer au prix fort dans trois ou six mois. Mais quand il s'agissait de politique, il n'y entendait rien, aussi s'arrangeait-il pour esquiver et ne pas aller directement au fond des choses. La lettre de Furcy le troubla. Il comprit qu'il avait affaire à un acte plus impérieux qu'une évasion. Lui, qui avait le coup de poing facile, tenta de retrouver son calme pour mieux appréhender la situation, puis il décida de se rendre chez Desbassayns qui saurait comment agir, lui.

Desbassayns, en homme politique, voyait plus loin que Lory. Il voyait surtout que s'attaquer à Furcy ne serait pas suffisant. Il fallait viser et couper la main qui le soutenait : le procureur Gilbert Boucher. Et le petit substitut Sully-Brunet. Le commissaire général ordonnateur en avait les moyens ; son influence sur l'île n'avait d'égal que sa puissance financière. C'était lui qui décidait, avec cinq autres riches familles de colons. Les Desbassayns avaient créé un réseau dense et efficace. Les mariages, les affaires, l'administration : tout tendait à faire main basse sur l'île Bourbon, avec des connexions sur l'île de France. Sur les neuf enfants Desbassayns, trois épousèrent les membres d'une même famille de riches propriétaires, les Pajot : Marie-Euphrasie Desbassayns se maria avec Jean-Baptiste Pajot, Joseph Desbassayns prit pour femme Élisabeth Pajot, et Sophie Desbassayns se lia avec Philippe Pajot. Deux autres Desbassayns, Gertrude et Ombeline, prirent pour époux deux Villèle, dont l'un deviendrait ministre.

La valeur moyenne d'un noir dans la force de l'âge et attaché à la culture (« un noir de pioche ») était de 1 500 à 2 000 francs. On estimait sa journée de travail à 1,50 franc. Il recevait 975 grammes de riz ou un kilo de maïs ou 2 kg de manioc pour sa nourriture quotidienne (cela valait 30 centimes). Il s'habillait avec une chemise, un pantalon de toile bleue ou une jupe de même étoffe.

Il commençait à travailler à 5 heures du matin, déjeunait à 8 heures, dînait à midi et soupait à 19 heures ; la durée totale des repas était fixée à deux heures.

Les noirs prennent peu de sommeil. Si l'on pénètre le soir dans une cabane, on y trouvera le noir, sa commère et ses enfants accroupis autour d'un foyer, car ils aiment à avoir du feu, même dans la saison la plus brûlante. Auprès de ce feu est une marmite : un noir serait malheureux, s'il n'était propriétaire d'une petite marmite pour y faire cuire des « brèbes » assaisonnées à sa manière, ses pois de Cap et son maïs.

À Bourbon, la vie est uniforme, il n'y a guère plus de différence entre les jours qu'entre les saisons. Cette monotonie d'existence n'est pas contraire à la santé, mais elle donne le malaise et l'ennui.

Extrait de l'*Atlas national Migeon*,
partie concernant l'île Bourbon, notice rédigée
par Ernest Poirée, 1842.

10

Tuer dans l'œuf la moindre volonté de rébellion.
C'était en agissant ainsi que le système perdurait.
Avec la notification de Furcy, Desbassayns avait
senti le danger, et la machine esclavagiste s'était
alors mise en marche. Puisqu'il réclamait sa liberté, il fallait déclarer Furcy comme un fugitif, un
marron, un rebelle; l'attaquer en tant que tel, le
faire arrêter, et l'enchaîner. Hors de question qu'il
mît les pieds dans un tribunal : un esclave n'avait
pas à assigner son maître en justice.

À la demande de Desbassayns, le négociant Lory
se rendit chez le procureur général. Qu'exigea-t-il?
Que l'on mît Furcy en prison, et tout de suite. Pour
quelle raison? Parce qu'il avait des désirs de fuir...

Il était midi et demi, c'était le premier dimanche
du mois d'octobre de l'année 1817; le soleil tapait
fort, il valait mieux se réfugier à l'intérieur pour
trouver un peu de fraîcheur.

Furcy était chez Célérine, rue des Prêtres, à
Saint-Denis. Il y avait aussi Constance et ses enfants

qui étaient venus la veille de Saint-André. C'étaient des moments rares, ils étaient heureux. Ils allaient bientôt manger. Célérine et Constance riaient de voir l'un des enfants tenter une shéga acrobatique et se casser la figure.

On cogna brutalement à la porte. Constance ressentit de l'angoisse. Toute sa vie, même lorsqu'elle était petite, elle avait toujours su quand les choses allaient mal tourner, un instinct dont les gens qui n'ont pas bien démarré dans la vie sont souvent dotés. Célérine et les enfants continuaient de s'amuser, Furcy, assis, les observait avec un sourire bienveillant.

Constance ouvrit. Il y avait cinq ou six gardes de police : elle était tellement troublée qu'elle était incapable de les compter. Le juge de paix lui annonça que le fugitif Furcy devait être arrêté. Elle n'eut pas le temps de commencer une phrase que les policiers se précipitèrent sur Furcy. Ils lui mirent des chaînes aux mains et, pendant que l'un d'entre eux tenait Furcy, deux gardes de chaque côté lui enjoignirent de suivre le juge de paix. Furcy réclama son chapeau et son gilet, les policiers n'entendirent rien. Alors, Constance se dirigea vers le juge de paix et le supplia de laisser Furcy prendre ses affaires. L'homme de loi ne comprit pas l'intérêt de cette demande, mais finit par accepter. Ils allèrent à pied, la prison se trouvait rue La Bourdonnais, à quelques centaines de mètres de la rue des Prêtres.

La scène dura cinq minutes à peine. Les gardes n'avaient pas pris de gants mais la violence ne fut pas tant dans les gestes et la brutalité, non, la violence se nichait dans cette façon d'effrayer un homme et sa famille, de ne rien lui expliquer, de faire beaucoup de bruit pour attirer les regards et semer la honte — ou la haine.

Il partit enchaîné. Il ne baissa pas les yeux.

De nombreux noirs virent la scène. Beaucoup s'approchèrent, menaçant les gardes du regard ou avec un bâton. Les policiers, armés, se tenaient prêts à tirer. Furcy leva les mains, comme pour dire aux noirs de ne pas intervenir.

Lors de cette arrestation mouvementée, Furcy n'opposa aucune résistance. Il se laissa « tranquillement » conduire en prison. Il y resta pendant une année...

Affranchir Furcy n'aurait pas coûté grand-chose à Lory. Maintenant que je le connais un peu, je suis sûr que Furcy serait resté chez son ancien exploitant, comme sa mère l'avait fait avant lui ; s'il avait été déclaré libre, il n'y aurait jamais eu ni affaire ni bruits. Mais les colons de Bourbon étaient impitoyables. Vingt-trois esclaves seulement avaient été affranchis en quatre ans. Quand l'île appartenait aux Anglais, entre 1810 et 1815, cinq mille esclaves avaient recouvré la liberté dès leur première année d'administration.

11

Enfermé ! Après une vie d'esclave, une existence de prisonnier. Que pouvait bien penser Furcy maintenant qu'il se retrouvait dans la geôle de Saint-Denis ? Il me semble qu'il n'a jamais douté. Même enfermé, il faisait encore peur au plus puissant des hommes de l'île. Desbassayns de Richemont était furieux, il savait que chaque jour, chaque heure, des noirs — beaucoup de noirs libres, parce que libres de leurs mouvements — rendaient visite à l'esclave prisonnier. D'autres, toujours aussi nombreux, passaient à côté de la prison et faisaient du vacarme de manière que leur frère d'infortune n'ait aucun doute sur leur message : ils le soutenaient. Certains chantaient. Il y avait des blancs, aussi, qui passaient par là.

J'imagine que dans ces moments-là, Furcy éprouvait quelque réconfort. Célérine y passait trois ou quatre fois dans la journée — l'avantage d'habiter près de la geôle.

L'emprisonnement dura une année — jusqu'en décembre 1818 —, et cette manifestation pacifique est allée s'accroissant. Plus tard, on apprit que Furcy avait été hospitalisé suite à un grave malaise qui l'avait laissé sans connaissance, on l'avait cru mort et le médecin de la prison avait mis tout en œuvre pour le sauver.

Desbassayns ne savait comment gérer cette situation, il commençait à paniquer. Ses craintes atteignirent leur paroxysme quand on lui rapporta un fait particulièrement irritant : on entendait, ici ou là, jusque dans les coins reculés de l'île que des esclaves parlaient de Furcy. Son combat leur donnait espoir de recouvrer eux aussi la liberté. Agacé, Desbassayns convoqua Lory chez lui, à l'heure du café. Pour le riche colon, il n'y avait plus d'alternative, il fallait déporter Furcy hors de Bourbon. Lory acquiesça. Cela tombait bien, il possédait une habitation à l'île de France que gérait sa famille.

12

Il fallait étouffer l'affaire Furcy, et à tout prix. Elle prenait une tournure telle qu'il devenait dangereux de voir l'esclave accéder au tribunal. Desbassayns de Richemont avait d'abord envoyé deux lettres pour alerter le ministre de la Marine et des Colonies, le comte Mathieu de Molé qui venait d'être nommé depuis quelques semaines. Il ne reçut aucune réponse.

Il envisageait de se rendre à Paris, mais les trois mois de voyage lui auraient fait perdre un temps précieux. Il profita d'un passage du ministre à l'île de France pour le rencontrer. Il avait alors intrigué avec les autorités anglaises et l'entourage du ministre pour avoir un rendez-vous. Lui, l'homme le plus puissant de Bourbon, il ne pouvait comprendre qu'il dût s'abaisser à solliciter une rencontre, mais il en allait de l'avenir de l'île. En France, personne n'avait l'air d'y attacher de l'importance. Ce Molé savait-il au moins que Desbassayns et Bonaparte étaient amis, qu'ils avaient été dans la même école, à Paris ? Grâce à cette amitié, Philippe Desbassayns était le seul de la famille à avoir droit au titre de noblesse, on devait l'appeler baron de Richemont ; le nom de famille originel était Panon mais, fortune faisant, ils y avaient ajouté Desbassayns, puis de Richemont. L'audience était fixée à 11 heures, le 12 octobre 1817, à Port-Louis.

Cela faisait plus d'une heure qu'il attendait dans l'antichambre afin d'être reçu par le ministre. Il avait peur. Molé comprendrait-il que l'on fasse cas d'un misérable esclave ? Se souviendrait-il même du nom de Furcy ? Pas sûr. Tous les jours, le ministre ne recevait que des doléances. On ne l'appelait jamais pour donner de bonnes nouvelles ni le féliciter d'une action car une fois que les hommes ont obtenu ce qu'ils désirent, ils s'empressent d'oublier celui qui les a aidés. Aussi, ce jour-là, il n'était guère d'humeur à écouter des complaintes.

Quand l'huissier fit signe à Desbassayns de le suivre, le colon éprouva une sensation désagréable, comme un pincement au cœur ; il se leva soudainement, déjà essoufflé alors qu'il n'avait pas esquissé le moindre pas.

Dans le bureau de Molé, se trouvait un deuxième homme — son chef de cabinet ? — que le ministre ne prit pas la peine de présenter à Desbassayns. L'invité en fut vexé.

« Je remercie Votre Excellence de m'accorder du temps, affirma le colon avec un excès de déférence.

— Je vous en prie. Alors dites-moi ce qui me vaut l'honneur de votre visite. »

À ces mots, Desbassayns comprit que le ministre, qui lui semblait bien trop jeune pour une fonction aussi influente — il avait à peine quarante ans —, n'avait pas lu les deux lettres, pourtant alarmantes, qu'il avait expédiées voilà des semaines. Alors, il commença par les lui rappeler.

« Ah, oui... Je m'en souviens... », fit le ministre un peu évasif. En fait, il se rappelait surtout de la longueur de la deuxième lettre qui frôlait les cinquante pages ; ils en avaient ri avec son directeur de cabinet et Molé n'était pas allé au-delà de la troisième page. Desbassayns se douta qu'il fallait tout expliquer à nouveau. Il observa le faste du bureau et pensa que, décidément, les ors endormaient les esprits.

« Votre Excellence, dit-il d'une voix un peu plus assurée, vous savez que je suis chargé tout spécialement de la surveillance de l'île Bourbon. Je viens m'acquitter d'un devoir bien pénible en vous rendant compte de la conduite de deux magistrats de la Cour royale. Ils ont à la fois compromis la dignité de leur caractère et la tranquillité de la colonie. Dans mes lettres, je vous signalais l'un d'eux, M. Gilbert Boucher, procureur général, comme un homme violent et audacieux. Mais j'étais loin de penser que les écarts de ce magistrat deviendraient de véritables délits. »

Le comte Molé marqua de l'étonnement en écarquillant les yeux, et Desbassayns pensa qu'il venait de marquer un point par cette attaque. Il fit un bref résumé de la situation en citant Furcy, Sully-Brunet, Constance et Madeleine. En revanche, il prit un peu plus de temps pour expliquer les conséquences de l'affaire.

« Votre Excellence, c'est la première fois qu'un esclave tente de briser ses chaînes par la loi. C'est la première fois, peut-être, depuis qu'il existe une colonie qu'on a vu un esclave assigner son maître en justice. C'est un acte de rébellion inouï. S'il obtient gain de cause, 16 000 autres esclaves, qui se trouvent dans la même situation, réclameront leur liberté. Il veut notre faillite. »

Pendant qu'il parlait, Desbassayns tentait d'observer la réaction du ministre et de cet homme dont il ignorait la fonction. Visiblement, il captivait son auditoire. Il n'était pas peu fier de retourner une tendance qui lui avait paru si défavorable au départ. Puis, il assena :

« C'est la destruction de notre système colonial que veulent cet esclave et ces deux magistrats. L'heure est grave ! Vous rendez-vous compte, l'esclave se réserve le droit de réclamer des indemnités sous prétexte qu'il a été privé de sa liberté ? Sa mère, Madeleine, avait déjà tenté de le faire. »

Le ministre prit au sérieux les paroles de Desbassayns, il n'était plus question de plaisanter. Il regarda son conseiller, puis interrogea le colon :

« Et sur quels arguments s'appuient ces magistrats pour protéger ce... Fe... Forçat ?

— Furcy, Votre Excellence, Furcy. Le procureur général Gilbert Boucher prétend qu'il suffit qu'un esclave touche le sol de la liberté pour qu'aussitôt il devienne libre. C'est une aberration. Cet homme développe des principes entièrement subversifs. Il avance que les Indiens sont un peuple libre et indépendant. Ce qu'il affirme, Votre Excellence, n'est pas autre chose qu'une paraphrase de la Déclaration des droits de l'homme. »

Molé était touché. Desbassayns avait réussi à lui transmettre son inquiétude. Son directeur de cabinet, également intéressé, s'autorisa à prendre la parole :

« Monsieur le baron de Richemont, pensez-vous que cette affaire ait déjà rencontré quelque écho à Bourbon et qu'elle puisse nuire à votre administration ? »

Le colon se sentit regonflé en entendant prononcer son nom et son titre, c'était la première fois depuis le début de l'entretien. Il jugea aussi que cet homme de l'ombre était intelligent. En voilà un qui avait travaillé et qui s'était renseigné sur lui.

« Cher monsieur..., répondit Desbassayns

— Malherbe, Charles Malherbe. Je suis en charge des affaires coloniales auprès du ministre. J'ai lu vos deux missives. Très instructif, vraiment.

— Merci, monsieur Malherbe. Vous posez, en effet, les bonnes questions. J'ai invité le procureur général Gilbert Boucher à étouffer cette affaire, mais j'ai trouvé une résistance invincible chez ce magistrat, qui prétendait que les droits de Furcy lui paraissaient incontournables. Je le soupçonne de vouloir donner de l'éclat à cette affaire. »

Desbassayns ajouta qu'il commençait à avoir des craintes. Car dans un aussi petit pays que Bourbon, où tout le monde se connaît et possède des intérêts en commun, l'attitude de Gilbert Boucher rencontrait un certain écho, les colons partageaient ses inquiétudes.

« Pourquoi ce procureur agit-il ainsi ? s'étonna le ministre.

— Mais parce qu'il vient de France, ni sa place ni sa fortune ne l'attachent à la colonie. Il montre pour les habitants de Bourbon de l'éloignement et du mépris. Cet homme n'a aucun intérêt au maintien de la tranquillité de notre île, lâcha Desbassayns, sans retenue, en oubliant qu'il se trouvait face à un ministre.

— Vous avez peur... »

Desbassayns interrompit le ministre sans s'excuser ; le rapport de forces tournait en sa faveur, aussi il ajouta, le poing serré et avec une fermeté qui l'étonna lui-même :

« Mais comment ne pas s'alarmer en voyant ce procureur général, c'est-à-dire l'homme chargé de la répression des délits, adopter les doctrines de Furcy, protéger ouvertement un esclave révolté et fugitif, qui, un écrit incendiaire à la main, proclame sa liberté et celle de 16 000 individus ? »

Molé chercha à rassurer le colon. Il rappela que Desbassayns était en quelque sorte le délégué du ministre sur l'île, avec l'appui du gouverneur, bien sûr. Qu'il avait toute confiance en lui, et qu'il pouvait intenter les actions qui lui semblaient nécessaires pour maintenir la sécurité et la tranquillité à Bourbon. Il dit tout cela autant par tactique — quand il existe un problème, il faut s'en défaire et désigner un responsable —, que parce qu'il s'en désintéressait. Et ce n'était pas une petite affaire qui allait l'empêcher de progresser dans sa carrière ; ce poste de ministre des Colonies, ce n'était qu'un tremplin, rien de plus. Il rêvait tout haut du ministère des Affaires étrangères.

« Merci, Excellence, pour votre soutien et votre confiance. Vous pouvez compter sur moi. »

Desbassayns salua en courbant la tête, et prit congé.

Il sortit de cet entretien satisfait, conscient qu'il venait de remporter une bataille décisive. Maintenant, il fallait étouffer l'affaire à Bourbon. C'était dans ses cordes, songea-t-il, optimiste. À cet effet, il allait réunir le conseil privé de l'île.

13

Il n'aimait pas les conflits. Le gouverneur Lafitte détestait qu'on hausse le ton, qu'on ne recherche pas le consensus ; il partait du principe qu'il y avait toujours moyen de s'entendre. Dès le début de la réunion, il ressentait des maux de ventre et appuyait sa main gauche pour tenter d'adoucir la douleur. L'atmosphère était tendue, les querelles seraient inévitables ; tout le monde s'y attendait.

La règle voulait que ce soit le gouverneur qui décide de réunir le conseil privé, cette instance composée des principaux dirigeants politiques et judiciaires de l'île. C'était là que se prenaient toutes les décisions qui concernaient l'avenir de Bourbon. La réunion avait lieu trois ou quatre fois par an, par exemple pour mettre en place une nouvelle organisation administrative, ou voter la construction d'un collège, ou encore lorsqu'il était question de s'adresser à la France après un cyclone particulièrement dévastateur.

C'était le gouverneur qui décidait, mais Desbassayns s'était senti pousser des ailes après l'entrevue

avec le ministre des Colonies. Il était rentré revi-
goré de Port-Louis. Et, pour dire la vérité, il n'appréciait plus ce Lafitte, en qui il avait beaucoup cru.
Trop mou, bien que général, trop influençable, trop
attiré par les choses de la culture. Cet homme-là se
laissait aisément séduire par la parole des intellec-
tuels, pensait Desbassayns. Il en était sûr : le gouverneur avait toujours rêvé de rejoindre ce monde
que lui abhorrait.

Or, Bourbon avait besoin d'une poigne de fer.

Il fallait donc réunir ce conseil privé pour parler
de « l'affaire de l'esclave Furcy », et punir les comploteurs : Gilbert Boucher et son substitut Sully-
Brunet qui faisaient aussi partie de ce conseil.
Urbain Lafitte n'en voyait pas la nécessité, mais il
céda aux injonctions de Desbassayns et de ses
amis.

Le conseil privé s'était donc réuni en cette fin du
mois d'octobre 1817. Il était évident qu'il allait se
transformer en une confrontation entre Boucher et
Desbassayns de Richemont ; les deux hommes se
détestaient. On n'échangea pas même les courtoi-
sies d'usage, chacun s'assit sans faire de bruit.
Deux camps se formèrent. D'un côté, Sully-Brunet
et Boucher, assis côte à côte, comme au tribunal
quand ils avaient affaire à un dossier périlleux. Et
en face, les deux frères Desbassayns, le maire de
Saint-Denis, l'avocat général, le président du tribunal d'instance et le vice-président de la chambre
d'agriculture — l'un des frères Desbassayns en
était le président. Lafitte savait le combat perdu

d'avance. Il n'avait pas choisi de camp, et on avait du mal à concevoir que, dans cette assemblée-là, c'était lui le gouverneur de Bourbon. À ce moment précis, juste avant d'entamer les débats, il se mit à penser qu'il ne resterait pas six mois de plus dans cette île où la nature était généreuse, et les hommes décidément bien trop attachés à leur commerce. La vie culturelle à Bourbon était réduite aux mondanités, et il avait le projet de monter un grand théâtre, et d'y accueillir les meilleures troupes du monde. Or, tout l'argent public avait été investi dans la réalisation d'un vaste jardin inutile.

Il fallait aborder cette réunion.

« Messieurs, annonça, Lafitte, d'une voix étouffée et la main gauche toujours sur le ventre. J'ai tenu à réunir le conseil privé afin de régler au plus vite l'affaire de l'esclave Furcy qui met en danger la tranquillité de notre île. »

L'avocat général Gillot l'Étang crut bon de faire du zèle. Il interrompit Lafitte, s'en excusa, et prit la parole :

« Pardonnez-moi de vous interrompre, il s'agit plus que de tranquillité, je dirais plutôt qu'il s'agit de sécurité. Et je ne peux m'empêcher de conseiller à l'auteur, ce nommé Furcy, de se faire connaître, car je ne répondrai pas s'il périt victime de sa coupable audace. »

Ses amis approuvèrent cet appel au meurtre. Gilbert Boucher et Sully-Brunet ouvrirent les yeux, abasourdis. Même Desbassayns en fut gêné.

Lafitte tenait à montrer que c'était lui qui menait le conseil. Il toussa, puis reprit la parole.

« Monsieur le baron Desbassayns, veuillez nous donner un aperçu de la situation afin que nous puissions prendre, ici, la meilleure décision pour notre île. »

Desbassayns n'aimait pas qu'on le nomme en oubliant d'ajouter « de Richemont », il prenait cela comme une agression. Mais il ne le souligna pas, ce n'était ni le lieu ni le moment. Il répondit, assez brutalement :

« Je ne vais pas vous résumer la situation, tout le monde la connaît : un esclave nommé Furcy met en danger Bourbon en ayant à l'esprit d'attaquer son maître en justice. Cette affaire crée déjà une vive sensation, fait trop de bruit, et nous nous en inquiétons. Si ce misérable réussit son entreprise, ce sont 16 000 esclaves qui vont recouvrer leur liberté. C'est inadmissible. J'ai vu son excellence la semaine dernière, le ministre de la Marine et des Colonies, et il me fait totalement confiance pour régler au plus vite cette affaire. »

Cette dernière affirmation impressionna les autres membres du conseil. Desbassayns le remarqua. Il poussa son pion en expliquant que le vrai problème n'était pas Furcy.

« C'est un esclave, précisa-t-il, il n'a pas pu monter seul toute cette action. Il est évident qu'un tel attentat ne peut rester impuni. Je vous propose d'exiger l'arrestation de Furcy, mais il n'est pas le seul coupable. »

À ce moment du débat, Gilbert Boucher comprit qu'il allait être attaqué par Desbassayns. Mais ce dernier visa Sully-Brunet. Il se tourna vers le jeune substitut, en le regardant hostilement :

« La main qui a soutenu Furcy ne doit pas non plus rester impunie. Je vous propose de dispenser le sieur Sully-Brunet de ses fonctions pour l'écarter du foyer d'intrigues. Il doit quitter Saint-Denis. Son manque d'expérience est préjudiciable. N'est-il pas en train de militer pour le rétablissement du trop fameux décret du 16 pluviôse de l'an II qui a failli prononcer l'anéantissement de nos colonies. »

Il faisait allusion à la première abolition de 1794, puis l'esclavage avait été rétabli par son ami Bonaparte, en 1802.

Sully-Brunet resta sans voix. Boucher fut également marqué par l'attaque. Pour la première fois de son existence, il ressentait de la haine envers quelqu'un. Il en voulait à Desbassayns d'être à l'origine de ce sentiment nouveau pour lui. Toute sa vie, Boucher avait vécu avec la forte conviction que la haine ne résolvait jamais rien. Il ne se reconnaissait plus, et chercha à retrouver son calme. Il posa sa main sur celle de Sully-Brunet, assez ostensiblement pour que les autres voient qu'il restait solidaire.

Lafitte ne savait comment reprendre le débat. Il appréciait Boucher mais en même temps il ne pouvait s'opposer frontalement à Desbassayns.

Finalement, ils convinrent de régler l'affaire Furcy. Et de traiter plus tard le cas Sully-Brunet.

14

Comme guidés par une main invisible, Boucher et Desbassayns se retrouvèrent face à face dans le couloir qui menait à la sortie, près d'une fenêtre. Tous les autres, déjà à l'extérieur, distinguaient la silhouette des deux hommes.

Boucher regarda Desbassayns. On aurait cru à un duel, les deux hommes avaient presque la même taille et la même corpulence. Boucher faisait plus vieux que son âge, trente-cinq ans. Quant à Desbassayns, malgré ses quarante-trois ans et ses cheveux gris, il gardait un visage poupin et doux, presque enfantin, et ses yeux bleus pétillants, sa fossette au menton lui donnaient l'air de toujours sourire malicieusement. Une bonhomie assez trompeuse. Il attaqua le premier.

« Ce que vous faites est ignoble. Je sais que vous êtes le véritable auteur de cette rébellion. Je sais que vous avez fabriqué ces écrits séditieux. Je sais qu'un esclave habitué toute sa vie à la soumission ne se livre pas lui-même à de tels actes de violence. On ne rompt pas tout à coup ses chaînes. »

Boucher encaissa la brutalité de l'attaque, il ne s'y attendait pas, en tout cas pas de cette manière. Il ne sut pas comment répliquer : fallait-il esquiver, ou bien assumer le soutien à Furcy au risque de mettre en péril la défense de l'esclave. Il répondit :

« Monsieur, la seule question qui vaille est celle-ci : Furcy est-il libre ? Pour moi, la réponse ne fait aucun doute : il est injustement retenu. »

Desbassayns s'approcha précipitamment de Boucher, ce dernier ne broncha pas, montrant qu'il ne craignait pas l'ordonnateur.

« Ce n'est pas la liberté de Furcy que vous visez, mais celle de tous les esclaves. Ce n'est pas la liberté qui vous intéresse, mais la célébrité, la popularité.

— Vous vous trompez, dit Boucher, je ne cherche que la justice. Faites affranchir cet esclave, et vous n'entendrez plus jamais parler de moi. »

Desbassayns fit comme s'il ne comprenait pas.

« Je ne peux m'empêcher de vous soupçonner. Seul un étranger à notre système colonial peut se comporter ainsi, seul un Français nouvellement arrivé dans notre île peut se battre pour la liberté d'un esclave... Vous êtes imbu des principes démagogiques de la Révolution. »

Il insista sur cette dernière phrase, qu'il prononça lentement et avec un certain dégoût, comme si ces paroles pouvaient lui salir les lèvres.

Le procureur ne répondit rien, il esquissa simplement un mouvement qui signifiait qu'il allait partir, qu'il n'avait plus envie d'entendre Desbassayns. Celui-ci tenta de le rattraper par le bras. Boucher le regarda, et le colon retira sa main. Mais il voulait avoir le dernier mot :

« Monsieur, dit-il d'un ton méprisant, vous ne faites que vous inspirer de Saint-Domingue, et Bourbon n'est pas Saint-Domingue, les esclaves sont heureux, ici. »

Boucher sourit, tant de la nervosité de son adversaire que de ses paroles. Il lui répondit qu'il ne voyait pas que des défauts à la Révolution. Et il ajouta :

« Les noms de Lory et de Desbassayns retentissent un peu trop fréquemment dans l'enceinte des palais de justice. Vous vous souvenez de cette malheureuse noire que l'on a retrouvée morte dans sa case, avec des traces de coups ? C'était chez Lory, n'est-ce pas ? Affaire classée ! »

Cette réponse eut le don d'agacer Desbassayns qui lança comme une menace :

« Je ne vous laisserai pas faire, je ne vous raterai pas. »

Puis il prit congé brutalement.

À VENDRE

— Graines potagères très fraîches, chez M. Parizot.

— À vendre au comptant et à terme en billets au gré du vendeur, chez Martin, ébéniste : lits, tables, rondes, consoles, etc. Le même a un parc de 400 planches à vendre.

— À vendre une jeune négresse créole, bon sujet, sachant laver, repasser et coudre, très bonne nourrice, ayant un enfant de deux ans et enceinte de six mois. Cette négresse, appartenant à Mme veuve Cyrille Routier, est mise en vente pour cause de départ. S'adresser à M. Alaric Routier.

— À vendre deux terrains-emplacements, situés rue de la Boucherie, clos de murs et susceptibles de recevoir chacun un pavillon de 12 pieds sur 18, avec une cour. S'adresser à MM. Bonnin frères, rue du Conseil, n° 25.

— Chez Élie Délon, au coin rues du Conseil et de l'Embarcadère : chaux éteinte à sept livres de cent au comptant.

Petite annonce parue dans la *Gazette de l'île Bourbon*, le samedi 19 mars 1831. Cité dans *De la servitude à la liberté, Bourbon des origines à 1848*, Océan éditions.

15

C'est mystérieux, un bruit qui court. Où prend-il sa source ? D'où vient sa force, et comment se propage-t-il ? Toujours est-il que sans aucune information officielle, et à peine deux jours après que la décision fut prise dans le secret d'un bureau, une foule de noirs s'était rassemblée autour du tribunal de première instance de Saint-Denis où le procès de l'esclave Furcy allait se dérouler. Tout Bourbon, ou presque, ne parlait que de l'affaire.

Le tribunal se trouvait au sein même de la prison, à l'angle de la rue La Bourdonnais et de la rue du Conseil. Le bâtiment était haut, sobre, jauni ; de l'extérieur, il avait tout d'une prison, avec des barbelés de la hauteur des murs. Régulièrement, on voyait les prisonniers à leur fenêtre ; de leur côté ils regardaient les gens passer. La cour servait aussi de lieu d'exécution quand la peine de mort avait été prononcée. Pour entrer au tribunal, on passait par la porte de la prison.

Cette prison vient tout juste d'être fermée. Je suis passé à plusieurs reprises à côté en éprouvant un sentiment étrange à penser que Furcy y avait séjourné. Sentiment étrange, parce que j'étais heureux de retrouver sa trace mais bouleversé aussi par la certitude qu'il avait vécu là un enfer.

Il était midi en cette fraîche journée de novembre 1817. Le président ne pouvait ignorer tout ce bruit autour de son enceinte. Sans aucune gêne, il alla demander conseil à Desbassayns : fallait-il maintenir la séance, ou la suspendre ? L'orgueil n'est pas toujours un bon guide, aussi le puissant colon n'étant pas du genre à se laisser faire et à abdiquer face à une foule, si nombreuse fût-elle, il décida de ne pas suspendre la séance. Il y avait un risque, et Desbassayns choisit de le prendre. De toute façon, il fallait que le tribunal statue sur le sort de Furcy, mais aussi sur celui de Sully-Brunet car Desbassayns souhaitait le voir quitter Saint-Denis, au plus vite — une manière d'affaiblir Boucher.

La règle voulait que, durant cette séance où se trouvaient réunis onze hommes de loi (dont le colon, le gouverneur, le président, le vice-président, le procureur général, deux chefs de justice...), chacun puisse prendre la parole et voter.

L'assemblée restait silencieuse, on ressentait bien la tension, et le duel qui se jouait entre Desbassayns et Boucher. Il y avait quelques noirs — des noirs libres. On remarquait aussi, à leur habit, un petit groupe de six ou sept esclaves — comment avaient-ils pu entrer ?

On précéda aux résolutions, puis à leur vote. La première question était simple : Furcy devait-il retourner en prison pour acte de rébellion et fait de marronnage ? Neuf mains se levèrent, sauf celle de Gilbert Boucher et de Sully-Brunet. Furcy ne montra aucune émotion, comme s'il ne s'attendait pas à autre chose.

Le président du tribunal passa rapidement à la question suivante : Jacques Sully-Brunet devait-il être suspendu de ses fonctions pour avoir conseillé Furcy, et, si oui, devait-il être déporté à la Rivière-des-Roches, à Saint-Benoît ? Le résultat fut exactement le même. Tandis que Desbassayns essayait de réprimer un sourire de satisfaction, Gilbert Boucher bouillait intérieurement ; seules ses mains qu'il tapotait contre ses cuisses trahissaient sa nervosité. On posa les autres questions, et les réponses furent invariablement les mêmes.

« Tous les noirs qui ont touché le sol de la France bénéficient-ils du principe que "nul n'est esclave en France" et doivent-ils être affranchis ? » Non : neuf voix. Oui : deux voix.

« Les enfants ayant moins de sept ans au moment de l'affranchissement de leur mère bénéficient-ils du même sort ? » Non : neuf voix. Oui : deux voix.

« Le commissaire général ordonnateur a-t-il le droit de faire arrêter et incarcérer un individu par mesure de haute police ? » Oui : neuf voix. Non : deux voix.

L'audience ne dura même pas une heure, alors que d'habitude elle prenait toute la demi-journée et qu'on était obligé d'abréger les débats à la tombée de la nuit.

La séance allait se terminer, et Desbassayns était satisfait de la tournure des événements. On n'entendrait plus parler de l'affaire de Furcy. C'est à ce moment-là — des hommes commençaient alors à se lever pour partir —, que Gilbert Boucher se mit debout. D'un regard vers le président, il lui rappela l'usage qui autorisait un membre du tribunal à prendre la parole. Boucher resta ainsi quelques secondes qui semblèrent longues, puis le président, après avoir jeté un regard en direction de Desbassayns, comme pour lui dire « bien obligé, c'est la règle », fit un signe du revers de la main un peu dédaigneux vers Boucher pour l'inviter à prendre la parole.

Sans transition ni formule de politesse, Boucher démarra d'un air exagérément abattu :

« C'est un jour de deuil pour la justice. Je devrais me taire face à une décision du tribunal, mais je ne peux pas. Je demande au greffier de noter ce que je vais dire. Ce à quoi vous venez d'assister est un acte arbitraire des plus sinistres. M. Jacques Sully-Brunet n'a fait que son devoir, et rien d'autre. Cette décision de suspension et d'exil qui le frappe est inique. En ma qualité de procureur général, je demande que cette ordonnance ne soit pas enregistrée, car M. Desbassayns n'est pas légalement qualifié pour faire appliquer une ordonnance de renvoi et de suspension. »

Dans l'assistance, certains restèrent debout comme éberlués par ce qu'ils venaient d'entendre.

Boucher continua, imperturbable, son ton se faisant un peu plus offensif : « Ne soyez pas étonnés si un jour il y a des débordements que vous ne pouvez réprimer. J'ai peu de liens qui me poussent à rester dans cette colonie, mais tant que j'y serai, ma vie et mes facultés seront employées à garantir avec fermeté la loi et l'honneur des femmes et des hommes de l'île, quels qu'ils soient. Je les assurerai de mon appui et de ma protection, j'en ai fait le serment au roi. »

Il s'arrêta un instant comme sonné lui-même par les paroles qu'il venait de prononcer. Il poursuivit : « J'ai fait le serment au roi de ne pas m'écarter de cette voie. Que ni les inepties ni les calomnies ne pourraient m'atteindre. »

Puis, il porta le coup de grâce : « Je demande au greffier de ne pas oublier de noter ce qui suit, comme la réglementation m'y autorise : je fais appel de la décision qui vient d'être prise concernant le cas Furcy, et je demande que l'affaire soit portée à la Cour royale, en deuxième instance. »

Un silence. Un long silence. L'assistance était figée.

Pendant toute l'audience, Furcy avait gardé dans sa main gauche un papier, la Déclaration des droits de l'homme.

Desbassayns était furieux, il mordillait ses lèvres, les poings serrés. Il pensait avoir remporté une victoire, une victoire définitive. Et voilà que Boucher contre-attaquait publiquement, et profitait de l'audience du tribunal. Quelle humiliation ! Il n'avait jamais subi un tel affront.

Il y avait foule à l'extérieur. Les noirs se passaient le message comme une parole que l'on cherche à se transmettre le plus vite possible. Tout le monde disait « Boucher a fait appel », « Boucher a fait appel », et chacun répétait ces mots sans parfois en comprendre le sens, sinon qu'ils annonçaient une sorte de revanche sur le sort, ou un espoir qui n'était pas tout à fait éteint.

Surpris, le président du tribunal refusa de se prononcer. En revanche, il accéda aux exigences de Desbassayns : Sully-Brunet était bien suspendu, et il devait quitter Saint-Denis, lui, le natif de la ville.

Sully-Brunet ne comprit pas vraiment ce qui lui arrivait. Il rentra chez lui pour écrire à Lafitte, le gouverneur. Il se défendit comme il pouvait — il n'avait que vingt-deux ans —, et s'autorisa à rappeler une règle : l'ordonnateur n'avait pas à faire la loi à la place de la Cour royale.

Le général Lafitte lui répondit comme on s'adresse à un enfant qui aurait commis une bêtise : « Je ne puis excuser un tel acte qu'en faveur de votre jeunesse, qui ne vous permet pas, à ce qu'il paraît, de réfléchir avant d'agir. » Puis il le menaça. Au cas où il n'obtempérerait pas, Lafitte aurait le « désagrément » de l'arrêter et de le conduire à Saint-Benoît, lieu désigné de son exil. Lafitte agissait en fonction des ordres de Desbassayns, chez lequel il se rendait régulièrement. Par moments, le militaire faisait preuve de faiblesse quand il avait face à lui le procureur général, ce qui avait le don d'agacer Desbassayns...

Après la menace du général Lafitte, Sully-Brunet abdiqua et dit qu'il acceptait de partir à Saint-Benoît dans la semaine. Mais cela ne suffit pas. Avec l'aide de la police, Desbassayns de Richemont ordonna à Sully-Brunet de quitter Saint-Denis à 6 heures du soir. Il lui restait une demi-heure pour s'exécuter... Le jeune substitut éprouvait de la honte à être traité ainsi.

Enragé, écœuré, furieux à cause du coup d'éclat de Boucher, Desbassayns se réfugia dans son bureau et décida d'expédier une lettre urgente au ministre de la Marine et des Colonies qui était en route pour Paris. L'affaire continuait de faire du bruit à Bourbon et pouvait risquer de « contaminer » l'île. Il termina par ces quelques mots :

Pour donner plus d'éclat à sa démarche, Gilbert Boucher attendit la séance solennelle du tribunal d'instance et un nombreux auditoire attiré par l'affaire. Ainsi, ce magistrat qui, dans cette circonstance solennelle, devait prêcher le respect aux lois a transformé le palais de justice en une assemblée de trop fameuse mémoire où l'on discutait tous les actes de l'autorité et où le public recevait des leçons d'insubordination et de révolte, qui s'opposaient au vœu de la loi !

Je ne crains point de le dire, M. Gilbert Boucher est le véritable auteur de la rébellion de Furcy ; c'est lui qui a fabriqué les écrits séditieux présentés au nom de l'esclave et de sa sœur, lui qui était le pivot de toute cette machination. Le principal coupable peut-il rester impuni ? M. Boucher d'ailleurs a donné à sa conduite un nouveau degré de culpabilité en outrageant ma personne et l'autorité du roi par les calomnies les plus absurdes et les plus atroces, il vient en outre de saper l'autorité jusque dans ses bases par son discours incendiaire au tribunal. Enfin, il s'est mis en forfaiture en requérant que l'ordonnance des administrateurs ne soit point enregistrée.

Puis, n'y tenant plus, il ajouta ces deux phrases :

Son substitut, Jacques Sully-Brunet est un petit intrigant, sans expérience ni compétence, qui par son origine, se rattache à la classe des gens de couleur puisque sa trisaïeule était une Malgache. Le procureur général Boucher a un penchant détestable : il est proche des dernières classes de la société et éloigné de ceux qui tiennent un rang dans le monde, ceux qui sont considérés et fortunés.
Votre très humble et très obéissant serviteur.
                    Desbassayns de Richemont.

16

Desbassayns de Richemont se tenait toujours debout, et obligeait Constance à rester assise.

Il avait convoqué chez lui, dans son habitation, Adolphe Duperrier et la sœur de Furcy afin de les pousser à avouer que toute cette histoire avait été montée par Gilbert Boucher. Pour tenter de les piéger, il interrogeait séparément Constance et son cousin Adolphe. Il les avait fait venir. Le colon n'avait qu'un objectif : la sœur de Furcy et son cousin devaient dire clairement, voire l'écrire, que Gilbert Boucher était le véritable instigateur de l'affaire.

Constance avait essayé d'éviter de se rendre chez Desbassayns, et lui avait fait savoir qu'elle était malade et dans l'impossibilité de se déplacer car elle habitait Saint-André, au lieu-dit le Champ Borne, à près de trente kilomètres de Saint-Denis. Qu'à cela ne tienne, Desbassayns mobiliserait les autorités ; Constance devait venir à Saint-Denis coûte que coûte. Il se produisit alors une scène incroyable. Desbassayns ordonna au maire de Saint-

André de faire transporter Constance en palanquin, tenu par quatre noirs jusqu'à l'habitation. Elle arriva à Saint-Denis à 5 heures du matin, après une nuit de voyage et accompagnée de gardes de police. L'image était étonnante ; vue de loin, on ne savait pas si la sœur de Furcy était une prisonnière ou une notable.

Adolphe fut également obligé de se rendre à l'habitation du colon. Que ces deux personnes libres soient détenues contre leur gré n'eut pas l'air de gêner Desbassayns. Il s'autorisait tous les droits. Il gardait toujours son calme. Au fond, il n'en voulait ni à Constance ni à Adolphe. Pour lui, ils étaient juste deux pions qui allaient lui servir à abattre le procureur général. Il ne les jugeait pas assez intelligents pour être à l'initiative d'une quelconque action et encore moins d'un « attentat ».

En revanche, Desbassayns vouait une haine de plus en plus tenace à Gilbert Boucher et à son substitut. Pourtant, de mai à juillet 1817, ils avaient fait le voyage tous les trois de France à Bourbon. Trois mois à se côtoyer, cela créé des liens. En observant le jeune Sully-Brunet dans le navire, Desbassayns avait pensé que pour l'avenir de l'île, il avait besoin de ce genre d'homme, un jeune, intelligent, formé et enthousiaste. Son espoir avait été déçu. Il n'avait jamais oublié que c'était lui, le petit Sully-Brunet qui, avec l'appui de Boucher, avait déjà osé s'attaquer par le passé à la famille Desbassayns de Richemont pour une violation à la loi sur les plantations. C'était un vieux contentieux, Sully-Brunet avait fait condamner « au correctionnel » Joseph de Richemont, pour « contravention à la loi locale sur les plantations alimentaires ». Le riche propriétaire ne l'avait jamais admis. En fait, cette tension sourde révélait le conflit latent qui existait entre ceux qui venaient d'Europe et les colons installés à Bourbon depuis plusieurs générations. Ces derniers considéraient que les « Français » n'avaient pas à toucher à leur terre. Ni à imposer la loi chez eux. Personne n'avait jusqu'ici osé s'en prendre aux Desbassayns. Les colons étaient sidérés, et voyaient tous d'un mauvais œil l'arrivée de cet homme de loi.

Desbassayns avait sans doute peur que le procureur, une fois l'affaire Furcy réglée, récidive avec d'autres esclaves. Il ne cessait de se le répéter, et de le répéter aux autres, or beaucoup n'avaient pas l'air de comprendre l'enjeu et se laissaient bercer par une existence bien tranquille. Il ne voulait pas être celui par qui la faillite d'un système arrive. Il ne céderait pas. Mais, bon Dieu, se disait-il, ils sont des milliers dans le cas de Furcy, 16 000 esclaves exactement ayant une origine indienne. Et avec une règle telle que « nul n'est esclave en France », 45 000 autres réclameraient la liberté, ce serait l'anarchie, ce serait la fin d'un monde.

C'est avec une violence relativement contenue qu'il fit donc venir Constance et Adolphe Duperrier. Les interrogatoires se déroulèrent dans un endroit que le propriétaire appelait « l'intendance ». L'affaire était si importante que c'était lui-même qui menait les « débats ». Il ne faisait plus confiance ni à Lory ni même à la justice de son île dont il maî-

93

trisait pourtant tous les arcanes. Tous les arcanes...
sauf Boucher, la faute à cette stupide réglementation imposée par le roi : le procureur général nommé
ne devait pas être natif de Bourbon ni être marié à
une créole. Il n'en revenait pas que ce procureur ait
osé l'affronter publiquement. Ça resterait une blessure dans sa vie. Il mettrait toute son énergie et sa
hargne pour dénicher des preuves contre le procureur général. Il le savait, il y tenait : si Constance ou
Adolphe chargeaient Boucher, il pourrait le faire
chasser de l'île. Et c'en serait fini de cette « affaire
de l'esclave Furcy ».

Constance resta enfermée deux jours chez Desbassayns. Pendant ce temps, l'aînée s'occupa de ses
cinq frères et sœurs.

Le colon était méfiant ; il se dit qu'il devait tout
de même respecter certaines procédures. C'est
pourquoi lors de ses interrogatoires il requit la
présence de l'avocat général, le vice-président et le
maire de Saint-Denis. Il l'expliquerait dans une
lettre adressée au ministre :

Pour recevoir la déposition de Constance et
d'Adolphe, je me fis assister des trois principaux
magistrats de la colonie, chargés par leurs fonc-
tions du maintien de l'ordre et de la tranquillité :
l'avocat général, le vice-président, le maire de
Saint-Denis qui fait dans la colonie fonction de
commissaire général de la police, je jugeai que le
concours de ces magistrats était nécessaire pour

éviter que M. Boucher prétendît, comme il l'avait
fait lorsque j'avais reçu les premières déclara-
tions de ces gens que l'on avait extorqué leurs
aveux par la violence et sous le sabre des gardes
de Police.

Desbassayns se tenait toujours debout. Il avait
l'esprit confus et pour tout dire il était impressionné
par la résistance de cette mère de famille qui lui
tenait tête, à lui, au maire et à la police. Il était
étonné aussi par sa culture, son vocabulaire et le
fait qu'elle sache écrire, même avec des fautes
grossières. Mais où avait-elle appris ? Il avait tout
essayé pour qu'elle reconnaisse un complot dont
Boucher aurait été l'initiateur. De l'attitude de
Constance dépendait la démarche de Furcy. Le
colon lui suggéra de dire qu'elle avait mal compris.
Un secrétaire irait jusqu'à l'écrire et forcer la
femme à signer. Mais, elle, elle nia tout. C'était une
femme hors du commun. Était-ce un trait de
famille ? Desbassayns s'étonnait de la résistance
de Constance, il n'imaginait pas qu'une personne
de couleur pût s'opposer à lui. Des relations avec
les noirs, il ne connaissait que celles d'un maître
envers ses domestiques. Il tenta même de l'ama-
douer en lui offrant un verre d'eau, estimant que
c'était le summum de ce qu'il pouvait se permettre,
et que ça suffirait bien. Il lui disait : « Je vous parle
comme un père. » Ils avaient presque le même âge.

Un jour, après cet interrogatoire, Constance
raconta à Boucher la manière avec laquelle elle

avait été traitée par Desbassayns : « Il m'a fait la plus terrible menace. J'étais au supplice, c'était une véritable inquisition. Il m'a obligée à me mettre à genoux. C'est pourquoi je proteste de tous les aveux que j'aurais pu faire qui pourraient nuire à mon frère. Ils m'ont été arrachés par la force et la violence. »

Desbassayns pensait que l'affaire de l'esclave Furcy était un complot contre lui. Il se sentait visé personnellement, et imagina même qu'on en voulait à sa fortune, que tous les esclaves risquaient de demander des indemnités. Qui étaient les comploteurs ? Il demanda alors à Constance à quelle occasion elle avait rencontré Sully-Brunet ? Elle répondit qu'elle le connaissait à peine — ce qui écartait la préméditation d'un complot. Le message était clair : elle ne céderait pas.

Quand ce fut à son tour, Adolphe finit, sous la menace et la manipulation, par reconnaître le soutien de Sully-Brunet. Le colon s'appuya sur le témoignage de Duverger : cet instituteur qui avait écouté la conversation entre Boucher, Sully-Brunet et Constance, avait aussi un compte à régler avec Célérine. Son récit pointilleux avait permis à la police d'entrer chez Célérine et de découvrir le brouillon du plan établi par Sully-Brunet. Adolphe avait admis que ce document avait été écrit et corrigé par le jeune substitut.

Desbassayns était fier de son coup, il retrouva le sourire et demanda au maire de Saint-Denis et à l'avocat général qu'on inscrivît cette pièce au greffe du tribunal. Puis, comme enivré par la fatigue et la tension, il ajouta : « C'est une œuvre de démence, jamais la philanthropie dans tout son déclin n'a produit un acte plus dangereux. C'est une odieuse machination. » Il s'enferma dans son bureau, et — c'était devenu une habitude — il prit sa plume pour écrire au ministre de la Marine et des Colonies :

Votre Excellence.
Je fis appeler Constance et Adolphe et en présence de l'avocat général, du vice-président, du maire de Saint-Denis, je les interrogeai séparément. Constance n'hésita pas à déclarer que le procureur général Gilbert Boucher lui avait dit que son frère était libre et qu'il pouvait agir par lui-même, mais elle se refusa longtemps à faire connaître l'auteur de l'écrit, disant s'être engagée à ne pas le révéler, cependant elle finit par avouer que c'était M. Sully-Brunet qui avait dicté à Adolphe la requête de Furcy aussi bien que la signification. Adolphe confessa les mêmes faits sans difficultés.

Desbassayns touchait au but : il allait enfin atteindre Boucher.

17

On les appelait les « noirs blancs ». Furcy s'était créé de nombreux ennemis, la plupart étaient des colons. L'un d'entre eux, ni colon ni blanc, n'était pourtant pas le moins virulent : un certain Brabant, le charpentier. Il était ce qu'on appelait un « homme de couleur libre ». Chaque jour, la crainte d'être confondu avec un esclave l'obsédait. Alors, pour bien se distinguer, il apportait beaucoup de soin à sa tenue, il exhibait de beaux souliers et marchait avec fierté, la tête haute, le buste droit. Son ambition était de ressembler, jusque dans les gestes, à un blanc ; mais pas ce genre de « petits blancs » pauvres qui, par misère, épousaient une esclave et cachaient leur honte de devoir louer leurs bras pour subvenir à leurs besoins. Non, Brabant le charpentier ambitionnait d'être aussi riche que les colons. Il s'était mis à son compte. Grâce à son activité, il avait constitué un pécule suffisant pour régler son affranchissement, en 1810, quand les Anglais s'étaient emparés de Bourbon. Depuis, il avait amassé une petite fortune, et se targuait d'avoir acheté dix-sept esclaves (en fait douze, cinq étant nés dans son habitation). En 1811, quand les esclaves de Saint-Leu avaient tenté de semer la révolte — on avait alors évoqué avec frayeur Haïti, la première république noire —, Brabant s'était joint aux colons pour mater la révolte qui s'était achevée au bout de deux jours dans le sang et les larmes. Deux colons avaient été assassinés ; on ne connaît pas le nombre de victimes du côté des esclaves. On dit aussi que Brabant s'était montré courageux, n'hésitant pas à tuer à mains nues ses anciens frères d'infortune. On connaissait sa susceptibilité lorsqu'on évoquait sa couleur de peau, et personne ne prenait le risque d'en parler, en tout cas, pas devant lui.

Il pensait : la liberté se mérite, elle ne se donne pas, c'est une hérésie de prôner le contraire. Sinon, quelle différence entre moi qui ai peiné pour acheter mon affranchissement et l'esclave à qui on l'offre ?

À l'occasion, il participait à la chasse aux marrons. On faisait souvent appel à ses services car il connaissait parfaitement la forêt et les montagnes, les coins où pouvaient s'abriter les fugitifs, la manière de les repérer, c'est-à-dire attendre pendant des heures, la nuit, qu'un feu naisse quelque part, et s'y précipiter. Il tuait sans états d'âme. Cet ancien esclave haïssait même l'idée d'abolition, comme il haïssait les propos déments du père Grégoire qui encourageait les asservis à s'émanciper.

Avant de devenir charpentier, Brabant était un commandeur, cet esclave chargé de surveiller et de punir les autres esclaves. À lui seul, il lui arrivait d'en diriger plus de quarante, quand ses « collègues » se trouvaient débordés par une vingtaine. Brabant maniait le fouet plus que de raison, et il était indifférent à la haine qu'il suscitait, une haine qui le faisait surnommer dans l'habitation le « traître noir ». À force de volonté et de hargne, on lui avait décerné le titre de premier commandeur dans la plantation des Desbassayns.

Son plus beau souvenir restait le jour où il avait été cité en exemple par l'un des frères Desbassayns. Lors d'un conseil privé, le colon avait dit, en pensant à lui : « Le commandeur est précieux pour la colonie, c'est un homme qui, par la force de son caractère et son dévouement, est utile pour la prospérité et la sécurité de la plantation. » Brabant en était d'autant plus fier qu'il était l'un des rares commandeurs à ne pas être un créole. Le savait-il ou feignait-il de l'ignorer ? On le préférait à un salarié parce que les propriétaires n'avaient pas à le rémunérer ; en échange, ils lui laissaient un lopin de terre assez important pour cultiver et vendre des légumes.

Il était né au Mozambique, et n'en gardait aucun souvenir. Il s'était marié tard, à trente-deux ans, après avoir été affranchi — les esclaves n'étaient pas autorisés à prendre une épouse sans le consentement de leur maître. Il avait recouvré la liberté, mais devait quand même régler une somme importante pour son affranchissement. Une belle escroquerie de la part de son ancien maître qui savait que Brabant avait mis de l'argent de côté.

Il s'appelait Brabant, il y avait ajouté Le Charpentier, c'était son dernier nom, il n'en changerait plus jamais. Au cours de sa vie et des différentes ventes dont il avait fait l'objet, il avait porté de nombreux prénoms, il se souvenait de sept d'entre eux, pas du premier. Il haïssait le sobriquet Groné (ça avait duré près de deux ans, cette histoire)... Peut-être même comme d'autres dans son pays natal, il avait participé au rituel de l'« arbre à oublis » qui consistait à tourner autour d'un arbre pour effacer tout souvenir avant de monter dans le bateau pour l'île Bourbon. Sur son épaule qu'il cachait tout le temps malgré la chaleur, même quand il dormait, il y avait trois lettres marquées au fer, « A M. B », les initiales de son premier maître.

Quand il s'était agi de se choisir une femme, Brabant, le cafre de Mozambique, avait désiré une mulâtresse dont la peau était le plus claire possible — aucune blanche n'avait voulu de lui, malgré ses arguments financiers. En se choisissant une mulâtresse, il rêvait en fait d'avoir des enfants blancs ou, en tout cas, à la peau claire ; cela leur sauvera la vie, pensait-il profondément.

À la naissance de sa fille, qu'on aurait pu aisément confondre avec une blanche, Brabant en avait pleuré de bonheur, il la chérissait et la présentait avec une indescriptible fierté. Il l'avait prénommée Marie-Louise.

Il s'était trouvé moins heureux avec l'arrivée de son deuxième enfant, un garçon à la peau noire, très noire, comme lui ; il était devenu furieux, et s'était alors adressé à sa femme, épuisée par un long accouchement : « Tu as des ancêtres nègres, tu me l'avais caché ! » Si elle n'avait pas été allongée, elle aurait sans doute reçu quelques coups. Après cet épisode, il avait agi en sorte de ne plus avoir d'enfants : il ne couchait plus qu'avec ses esclaves...

Quand il eut vent de cette affaire Furcy, son sang ne fit qu'un tour : il fallait mater le rebelle. Il était allé voir Constance alors que Furcy était en prison.

« Ce que vous êtes en train de faire est ignoble », menaça Brabant.

Constance le connaissait bien. Elle n'eut pas peur un seul instant, même s'il lui fallait lever la tête pour s'adresser à Brabant. Elle lui rétorqua :

« Mon frère est aussi libre que toi, il ne mérite pas la prison, et nous nous battrons jusqu'au bout. On connaît ton ambition, Brabant, tu veux être considéré comme un blanc, mais sache-le, ils ne t'accueilleront jamais comme un des leurs. Tu n'entends même pas les railleries qui courent sur toi. »

Brabant fut déstabilisé autant par les paroles de cette femme que par sa conviction. Mais il n'en montra rien. Bien au contraire, il resta offensif :

« Mais vous croyez tous que la liberté s'offre comme un présent. Elle se mérite. On ne naît pas libre, on le devient. Et moi, c'est grâce à ma volonté et à mon travail que j'ai brisé mes chaînes. Ce n'est pas en me rendant au tribunal, cette démarche est pitoyable. »

Constance n'avait plus envie de lui parler, elle allait partir, mais revint sur ses pas :

« Pourquoi veux-tu oublier que tu as été esclave ? Pourquoi es-tu si cruel avec eux ? Pourquoi ne veux-tu pas reconnaître que tu es noir ? » lui asséna-t-elle sans attendre de réponse. Puis, elle partit.

Brabant la regarda s'éloigner en secouant la tête. Il murmura, comme si Constance pouvait encore l'entendre : « Je ne suis pas noir, je suis libre. »

La sœur de Furcy rentra chez elle, au Champ Borne, à Saint-André.

Je suis allé voir où elle vivait. Décidément, j'allais de surprise en surprise : le quartier n'avait rien de modeste, il donnait sur la mer, il y avait de belles habitations. C'étaient plutôt des familles aisées qui devaient y habiter. Bory de Saint-Vincent l'avait décrit après l'avoir observé en 1801 : « Le Champ Borne est richement cultivé, aucune ravine ne le sillonne, cette grande plaine fut de tout temps cultivée en blé, en riz et en tabac. » Le lieu est attachant, avec cette église en bord de mer et, tout à côté, le cimetière marin. L'église est maintenant en ruine, son toit a été emporté par un cyclone, et on ne l'a jamais reconstruite mais l'endroit sert encore de cadre à des manifestations artistiques. J'y suis entré, avec le sentiment que Constance était passée par là. C'est sûr, croyante, elle devait être heureuse de s'y retrouver, c'est un endroit où l'on s'attarde volontiers ; elle devait y puiser toute la force et tout le courage dont elle a fait preuve durant son existence. Je m'y sentais bien, moi aussi, j'aurais pu y rester longtemps. Ensuite, je suis allé au cimetière marin à la recherche du nom de Jean-Baptiste, sans trop d'espoir. Il y avait beaucoup de tombes délaissées. Je suis reparti assez vite avec une impression de malaise.

Surveillez ce jeune homme [Sully-
Brunet] dans ses rapports avec les libres
et spécialement avec les esclaves et rendez-
moi compte chaque semaine de sa conduite,
s'il bouge de son exil, informez-m'en sur-
le-champ par un exprès.

Desbassayns.

Message de Desbassayns expédié au maire de
Saint-Benoît, lieu d'exil de Sully-Brunet.

18

Que s'est-il passé dans la tête de Furcy pour que, à trente et un ans, après toute une vie de soumission, il décide tout à coup d'aller au-devant d'immenses problèmes ? Cette question ne m'a jamais quitté. J'ai du mal à imaginer qu'il ait pu penser que tout allait se passer sans difficultés. Je me mets à sa place. Il était relativement — je dis bien relativement — tranquille, il était « bien vu » de ses exploitants, il avait une compagne, une « bonne situation » : maître d'hôtel... À sa place donc, je n'aurais pas osé entrer en conflit avec des gens qui avaient tous les pouvoirs et tous les moyens. Je n'aurais pas tenté la voie des tribunaux. Au mieux, j'aurais essayé de m'enfuir. Et encore... pour cela, il faut avoir un certain courage. Et je n'ai pas toujours cherché à fuir des situations désagréables.

Je n'ai pas encore compris ce qui pousse un homme à vouloir s'affranchir. Qu'est-ce qu'on est prêt à sacrifier pour la liberté, quand on n'en connaît pas le goût ?

C'est la détermination calme de Furcy qui m'a impressionné.

Je crois qu'il a puisé sa force auprès de ceux qui l'ont soutenu. Il a voulu être à la hauteur de cette confiance. Je crois avoir compris que ce qui fait avancer le monde, c'est l'altérité. Tous ces hommes qui ont agi pour d'autres. Ce peut bien être un fil conducteur de l'Histoire.

Pour tenir, Furcy pensait souvent aux lieux où il aimait particulièrement se retrouver. Il aimait la patience des arbres fruitiers, la fragilité des fleurs, et la musique des rivières. Il aimait regarder les cascades ; c'était là, juste à quatre ou cinq mètres face aux cascades, qu'il oubliait tout. L'eau tombait à toute vitesse, le vent amenait des gouttes jusqu'à son visage, il appréciait ces caresses de pluie, il goûtait à l'image merveilleuse de la nature. Parfois, il y plongeait son corps, et toujours il était étonné par la puissance de l'eau, et sa fraîcheur. C'était là, dans ces moments-là, que Furcy oubliait son malheur, et ses chaînes. Il se disait heureux. Il connaissait sa région par cœur, là où les cascades se révèlent caressantes, l'endroit où l'on peut plonger sans danger, les sources d'eau potable, les eaux chaudes. Il connaissait toute l'île pour y être né, chaque recoin, les moindres raccourcis ; et puis l'île Bourbon n'abritait aucun animal dangereux, mis à part l'homme. Néanmoins, il ne pouvait s'empêcher de penser au pays de sa mère. Y avait-il des rivières et des cascades ? Les mêmes fruits qu'ici ? Et la nuit offrait-elle ce ciel coloré d'orange et de bleu avant la pluie d'étoiles ? Combien de jours de bateau fallait-il pour s'y rendre? Maintenant ce souvenir lui revenait précisément, c'était un dimanche soir, sa mère lui avait parlé de Chandernagor comme on révèle un secret. Elle avait évoqué la mer, le bateau avec Mlle Dispense, et ce fleuve sacré dont il n'avait jamais oublié le nom, le Gange.

Assis dans sa geôle, Furcy pensait aussi à Célérine et aux dimanches où Constance venait rue des Prêtres avec ses enfants.

Rue des prêtres. Je l'ai cherchée sur tous les plans de l'époque quand j'ai découvert qu'il y avait habité avec Célérine. La rue n'existe plus aujourd'hui. C'est presque par hasard, au cours d'une discussion avec le responsable du musée Léon-Dierx, à Saint-Denis, que je l'ai retrouvée. Il m'a expliqué qu'elle prolongeait l'actuelle rue La Bourdonnais. Furcy l'avait souvent empruntée. Ce fut aussi le décor de la scène de son arrestation, le chemin qu'il avait dû prendre pour aller jusqu'à la prison. J'ai souhaité naïvement marcher *sur* ses pas. Et pour avoir plus de chance, j'ai fait le parcours aller-retour à de multiples reprises — la rue n'est pas longue. J'étais étonné, encore une fois, de découvrir un quartier moins pauvre que je ne l'avais imaginé ; certaines maisons étaient même d'un standing élevé.

J'ai marché dans cette rue, et les siècles se sont télescopés dans mon esprit, comme si rien n'avait vraiment changé. D'après ce qu'on m'avait dit, de nombreuses vues étaient les mêmes qu'en 1817, certains bâtiments étaient déjà construits à l'époque. Le responsable du musée ne s'en rendait pas

compte, mais son récit m'émouvait. Il me disait
« Furcy a pu voir ceci », « Il est sans doute passé
par là et a vu cette maison », ou « Ce que vous
voyez ici, c'est ce qu'a vu Furcy »... Je regardais,
intensément.

Plus tard, j'ai refait le chemin tout seul, sans
prendre de notes, je voulais seulement ressentir.
Deux maisons étaient abandonnées ; l'une était
complètement en ruine, il n'en restait quasiment
rien ; l'autre avait encore ses murs qui tenaient fiè-
rement debout. Bien sûr, j'ai imaginé sans raison
que l'une d'elles pouvait être celle où Furcy avait
dormi. J'ai regardé toutes les autres maisons, une
par une. Par moments j'avais envie de sonner aux
portes pour pouvoir observer l'intérieur. Ma démarche était sûrement vaine, mais j'étais heureux de
marcher dans cette rue. Il faisait beau.

19

« L'affaire de l'esclave Furcy » aurait pu ne jamais avoir lieu. Furcy et le procureur général étaient d'ailleurs prêts à d'importantes concessions. Boucher était allé jusqu'à fermer les yeux sur l'emprisonnement illégal de Furcy pour tenter de le sauver. Il écrivit au ministre de la Marine et des Colonies pour lui dire que le prétendu esclave n'était pas dans une démarche « factieuse », il voulait bien se rendre à « son maître », Joseph Lory, en attendant le jugement du tribunal. Mais c'est Lory qui mit le feu aux poudres par son attitude, avec l'appui de Desbassayns de Richemont. Il rejeta violemment la proposition de Furcy, et il usa de pression. Hors de question de transiger avec des asservis. Pour montrer sa force, Lory se targua d'être l'oncle de la maréchale Moreau (qui était d'une grande influence) et l'ami particulier de Desbassayns. Il intimida Constance.

Gilbert Boucher était écœuré par le jugement du tribunal d'instance. Pour faire face à ce qu'il considérait comme une injustice, il décida de se rendre à Paris afin d'alerter les pouvoirs publics. Il pensa qu'il avait des chances d'être entendu là-bas. À cette fin, il prit un congé. Comme c'était la règle, il avait demandé l'autorisation au commissaire général ordonnateur — Desbassayns — et en même temps la prise en charge des frais de voyage pour lui, sa femme et sa fille Julie qui n'avait pas encore trois mois. Desbassayns lui répondit par un court mot fort sympathique. Il donna l'autorisation et l'argent nécessaire. Il lui écrivit :

Nous vous accordons la permission de retourner en France avec votre famille, nous accédons à votre demande que vous nous faites d'effectuer ce retour sur Le Télémaque, *le gouvernement supportera les frais de votre passage et celui de votre famille.*

Desbassayns alla jusqu'à mettre à la disposition du procureur une jeune domestique pour aider l'épouse de Boucher. Elle se nommait Marie-Jeanne, on l'appelait Zèbe négresse. Le procureur général partait un peu rassuré.

Boucher et sa famille se trouvaient dans le bateau en partance pour Bordeaux depuis moins d'une heure, lorsque Desbassayns se rendit au journal *La Gazette de l'île Bourbon* pour exiger qu'une annonce soit imprimée, en dernière page : « Monsieur le procureur général et sa famille annoncent leur départ pour la France. » Puis, il adressa une deuxième lettre à Boucher qui la reçut à son arrivée à Bordeaux : « Monsieur Gillot de l'Étang, avocat général, vous

112

remplacera. Il sera chargé de votre service et prendra les circulaires nécessaires. » En quelques mots, le colon réussit à exclure le procureur général de l'île Bourbon et à faire croire que son congé était un départ définitif.

Boucher n'avait pas déposé ses valises qu'il prenait la plume et expédiait à son tour une réponse au commissaire général ordonnateur : « Monsieur, je reste le procureur général de Bourbon, l'avocat général ne peut me remplacer. Je vous ordonne de révoquer dans les vingt-quatre heures les circulaires que SANS MON AUTORISATION vous avez écrites. » Pas de formule de courtoisie. Boucher fulminait. Il prit son bébé dans ses bras. Sa femme, qui était la douceur incarnée, lui serra fort la main. Elle craignait pour la santé de son époux.

À Bordeaux, Boucher était stupéfait. Il se jura que, où il se trouverait, il n'abandonnerait jamais « l'affaire de l'esclave Furcy ». Il écrivit au ministre pour lui signaler que l'affaire prenait « une tournure affligeante », que la colonie ne connaissait pas le droit.

Le procureur général était abattu.

Je l'imagine, à ce moment-là, plein de déception et d'amertume. Il traversait ces jours douloureux, ces longs instants où l'on sent que l'espoir se délite. J'avoue que j'ai partagé ce sentiment-là. J'avais beau connaître l'issue, j'ai cherché le plus petit parfum de victoire, les raisons de ne pas douter comme si tout se déroulait devant mes yeux et que rien n'était encore joué. Parfois j'oubliais que tout cela s'était passé voilà près de deux siècles. Je portais l'espoir de Gilbert Boucher, ses chagrins aussi.

Gilbert Boucher possédait cette capacité étonnante de ne pas rester défait longtemps, il savait qu'il restait encore une possibilité de sauver l'esclave. Il savait que l'appel du jugement du tribunal d'instance, refusant la liberté à Furcy et le déclarant « marron », pouvait se révéler une bombe à retardement.

De sa prison, Furcy aussi gardait un mince espoir. Un espoir qui ne l'a jamais quitté. Ses yeux fixaient toujours la petite fenêtre qui touchait le plafond. Une fine lumière, douce, caressait son visage. De sa cellule, il entendait le bruit de la ville.

La pendaison est la forme la plus répandue de suicide parmi les esclaves de Bourbon. On peut supposer que ceux-ci choisissent cette forme de suicide parce qu'elle est la plus simple à exécuter. Un simple morceau de corde qu'on peut se procurer facilement sur l'habitation sucrière permet la réalisation de l'acte fatal, provoqué par un désespoir sans issue. Hommes et femmes noirs sans distinction optent fréquemment pour cette solution extrême, résistant à leur façon au système servile [les esclaves utilisent souvent des cordes de vacoa pour se pendre]. Le suicide peut être, dans certains cas, provoqué par la peur du châtiment quand l'esclave se rend coupable d'une faute sévèrement punie par la société coloniale.

Extrait du rapport sur les suicides d'esclaves, le 28 juillet 1806. Cité par l'historien Sudel Fuma, dans « L'esclavagisme à la Réunion, 1794-1848 ».

20

Sully-Brunet était effondré, comme sonné. Après le départ de Boucher pour la France, et son exil à Saint-Benoît, distant de seulement quelques kilomètres de Saint-Denis, Il déprimait, et il craignait sans doute pour sa carrière. Surtout, il ne s'attendait pas à tout ça, il se croyait à l'abri de la justice.

Quand il apprit que Desbassayns avait expédié une missive express au maire de Saint-Benoît pour le faire surveiller, il devint fou de rage. Il voulut rappeler qui il était. Alors, il se fendit d'une lettre au ministre de la Marine et des Colonies. Il l'écrivit dans l'urgence, sans faire de brouillon.

Ma seule faute, si j'en ai commis une, serait, paraît-il, d'avoir sacrifié dix minutes de mon temps pour rendre service à des malheureux qui chaque jour me harcelaient, employant les prières et les pleurs pour capter ma générosité, venant chez moi au nom de l'humanité réclamer mon ministère, me rappelant sans cesse que j'étais le protecteur des infortunés, voulant profiter de l'effervescence de

117

mon âge pour m'indigner contre la méchanceté. J'étais sourd à tous ces discours, c'est-à-dire que je les appréciais avec toute la sagesse dont je suis capable.

Quelle fut ma surprise, arrivant à Saint-Benoît lorsque j'appris que M. le maire avait ordre de surveiller mes rapports avec les esclaves! Non Votre Excellence, on n'injurie pas un honnête citoyen d'une manière si outrageante! Une telle délation ne peut se concevoir; mon honneur ma vie ma fortune, tout s'y trouve compromis, m'exiler d'un quartier où je n'ai que des amis, où ma famille jouit de la plus haute estime sur une habitation où j'ai cent esclaves à ma disposition, mes compatriotes se sont indignés d'un tel ordre à mon égard. Votre Excellence, peut-on concevoir qu'un enfant de la colonie qui y a une famille nombreuse, dont le père et la mère sont propriétaires d'esclaves et d'immeubles, peut-on concevoir que quelqu'un attaché aux biens indissolubles de ce pays cherche à jeter le trouble partout, cherche sa ruine, sa perte même?

Je vous rappelle que les révoltes à Saint-Domingue, aux Antilles sont nées d'abus d'autorité des juges.

Si mon zèle m'a fait commettre une imprudence, je ne puis être traité comme un criminel. J'ai voulu remplir dignement mon devoir. Un agent de la police a cherché à m'humilier. Si l'éloignement de notre Excellence est une raison d'injustice, alors je renonce à cette noble vocation à laquelle j'ai été appelé; et je supplie Votre Excellence de bien vou-

loir agréer ma démission, et j'aurai la consolation
en me retirant d'avoir fait de nombreux efforts pour
le bien public, j'attends seulement de la justice de
Votre Excellence une réparation éclatante des maux
que l'on m'a fait souffrir. Je le demande à grands
cris. Pourquoi ? Parce que le silence laisse toujours
dans l'opinion un doute désagréable, et je souhaite
faire entendre la vérité qui est au-dessus des lois
arbitraires des hommes, au-dessus des oppressions
vouées à l'indignation.

En posant sa plume, il ne put s'empêcher de retenir des pleurs. Il suffoquait.

21

C'était un matin ensoleillé du mois de février 1818, l'horloge de l'église métropolitaine marquait 9 h 30. Tous les habitants de l'île s'étaient donné rendez-vous devant la cour d'appel de Saint-Denis qui se situait au sein du tribunal-prison, rue La Bourdonnais, là même où avait eu lieu le jugement en première instance. Jamais ces lieux fréquentés par les plus riches propriétaires et les commerçants n'avaient vu autant de noirs. On entendait dire que certains étaient venus de la pointe de la Table, près de Saint-Philippe, à l'autre bout de l'île, qu'ils avaient marché plusieurs jours durant. Ils avaient traversé le piton de la Fournaise qui culmine à plus de 2 600 mètres d'altitude, un volcan qui peut se réveiller d'un instant à l'autre, et dont les chemins brûlants obligent à marcher vite pour ne pas sentir la chaleur. Il y avait plusieurs montagnes à escalader et des rivières à traverser qui pouvaient être dangereuses après les pluies diluviennes.

De nombreux noirs se tenaient devant le bâtiment. Ils voulaient connaître le sort de Furcy en deuxième instance. On avait rarement vu un cas comme celui-là. Il n'y avait pas beaucoup de places, et une petite foule donnait vite une impression de nombre. On aurait dit une manifestation. C'était incompréhensible : comment avaient-ils pu se libérer de leur plantation à une telle heure de la journée ? Furcy ignorait-il tout cela ? Non, de sa prison, il entendait tout le brouhaha du dehors. C'était une sorte de victoire. Mais s'il perdait à nouveau ce procès en appel ? Ce serait la geôle ou les travaux forcés pour le reste de sa vie.

Il y avait aussi une vingtaine de petits propriétaires, ils formaient un groupe à part, plus haut dans la rue. À ce que l'on affirmait, ils avaient encore plus peur que les riches exploitants qui possédaient une centaine d'esclaves. Pour eux, perdre leur main-d'œuvre bon marché — ils ne la considéraient pas comme gratuite car les noirs étaient « hébergés et nourris » —, c'était la faillite à coup sûr. Le pire, pour ces petits propriétaires, était de devenir aussi pauvres que les esclaves. Et certains l'étaient déjà.

Des esclaves aussi protestaient contre Furcy ! Ils refusaient une liberté qui les aurait envoyés mendier dans les rues. « Nous sommes bien avec nos maîtres », criaient quelques-uns d'entre eux. Brabant aussi avait tenu à faire le déplacement.

Certains s'étaient assemblés en petits groupes. Ils palabraient, on reconnaissait même un clan de marrons guidés par un grand costaud ; personne n'osait les approcher.

Un prêcheur monta sur un petit tonneau qu'il avait emprunté à un commerçant.

Un autre groupe préféra s'asseoir, anticipant la longueur de l'attente ; ils étaient une dizaine, rassemblés en cercle. Des habitués du tribunal. On dit qu'ils se rendaient à tous les procès où des noirs se trouvaient accusés ou victimes, même si cela finissait souvent de la même façon. Ils prétendaient être la mémoire de ces jugements. Existait-il une recension de ces minutes de procès ? Il y avait eu des centaines, peut-être des milliers, de plaintes de la part d'esclaves gravement maltraités, certains avaient été mutilés, d'autres en étaient morts dans des conditions inhumaines. Les affaires étaient vite classées. Où sont les comptes rendus de ces procès ? Il y avait eu aussi des enquêtes, menées dans les habitations, pour dénoncer les conditions de vie là où le *Code noir* n'était pas respecté, un règlement pourtant bien clément pour les maîtres criminels. Où sont ces documents ? La mémoire a besoin de ces papiers qui figent les souvenirs, sinon tout part en fumée. Et tout est parti en fumée.

C'est le problème pour tout un pan de l'histoire : les victimes ne laissent pas de traces. Quand je me suis penché sur cette affaire, je m'attendais à trouver des témoignages directs. Il n'y a rien, ou presque rien. Que des silences. Trop de silences. Et des morts anonymes. Une histoire sans archives. J'étais surpris, un peu interloqué, quand je comparais les mémoires de deux familles, celle de Desbassayns et celle de Constance. Pour la première, on savait tout : la date de naissance, le lieu, les trois ou quatre prénoms, leurs portraits ; on savait même qu'il y avait des mort-nés et des fausses couches. Chez Constance, on ignore jusqu'au nombre des enfants qu'elle a pu avoir. Il m'a fallu un temps fou pour découvrir le moindre renseignement.

Pourtant, des détails sur les esclaves, j'en trouvais. Des détails physiques. Sur les cahiers de recensement des maîtres, il y en avait une multitude. Sur les cheveux : « crépus, noirs, plats, blonds ou gris ». La couleur de la peau : « noire, rouge, cafrine, malaise ». Une infirmité : beaucoup de « boiteux », de « bras coupés », et d'« estropiés ». La taille, l'âge, un prénom, parfois un sobriquet. J'ai lu l'enregistrement d'un certain Jupiter décrit comme un créole, rouge et blond, de quatorze ans. De nombreux détails physiques, mais pas grand-chose sur l'identité : quand étaient-ils nés, d'où venaient-ils, qui étaient leurs parents ?

L'index tendu vers le ciel, le prêcheur, d'une voix chevrotante qui lui donnait un air de vieux sage, clamait :

« Mes frères, Furcy est un exemple pour nous. Accompagnons-le, donnons-lui la force. Je sais que là-bas, en France, des hommes nous entendent, des hommes savent ce que Furcy est en train d'accomplir, des hommes le soutiennent même. Son nom est prononcé avec respect. Je dis que des philosophes, des politiques, des représentants de l'Église, d'éminentes personnalités savent ce qui se passe ici. Et si demain Furcy n'obtient pas gain de cause, ce sera pour un autre jour. Un jour proche, mes amis. Je le sais. Des journaux, qu'on nous empêche de lire, l'écrivent. Partout, nous sommes soutenus, il faut tenir, mes amis. Écoutez ce qu'a dit l'abbé Grégoire voilà plus de dix ans déjà. Cet homme, si respectueux et si respecté, a dit, pour mettre fin aux préjugés ridicules qui nous enchaînent : "Vous Français, Anglais, Hollandais, que seriez-vous si vous aviez été placés dans les mêmes circonstances que les noirs ? Si les nègres, brisant leurs fers, venaient sur les côtes européennes arracher des blancs à leur famille, les enchaîner, les conduire en Afrique, les marquer d'un fer rouge ; si ces blancs volés, vendus, achetés par le crime, surveillés impitoyablement sans relâche, forcés, à coups de fouet, au travail où ils n'auraient pas d'autre consolation, à la fin de chaque jour, que d'avoir fait un pas de plus vers le tombeau... Si, blasphémant la Divinité, les noirs prétendaient faire intervenir le Ciel pour prêcher aux blancs l'obéissance passive et la résignation... Quel cri d'horreur retentirait dans nos contrées ! Européens, prenez l'inverse de cette hypothèse et voyez ce que vous avez fait !" »

Le prêcheur connaissait presque par cœur ce discours de l'abbé Grégoire prononcé des années plut tôt. Il ajouta :

« Oui, Furcy n'a pas pu gagner ses premières batailles, mais je vous le dis, mes frères, il est des défaites qui ont le goût des plus belles victoires. Furcy s'est sacrifié pour nous. Ne perdez pas espoir. Ne perdez pas espoir. Ne perdez pas espoir, mes amis, Furcy gagnera et il nous emportera dans sa victoire. »

Puis, tous les regards se tournèrent comme un

seul vers le grand portail du tribunal, qui faisait également office de porte d'entrée de la prison. Il venait de s'ouvrir. Le jugement en appel de Furcy pouvait commencer.

22

La hauteur du plafond écrasait l'homme. À l'intérieur de la cour d'appel, seule une dizaine de noirs avaient été admis, des affranchis. La salle était comble et silencieuse. Mais on entendait le bruit de la foule qui se tenait dehors malgré ce soleil béni de février.

Furcy était debout, les mains enchaînées, entouré de deux gardes de police. Il avait obtenu le droit de pouvoir garder un papier, la Déclaration des droits de l'homme qu'il tenait serrée dans sa main gauche. Son regard, calme et déterminé, impressionnait. Il se trouvait dans le box des accusés, alors que c'était lui le plaignant. Par une entourloupe juridique Joseph Lory accusait Furcy de « marronnage ». On avait oublié que c'était l'esclave qui s'était rendu au tribunal de première instance, on avait oublié que c'était Furcy qui venait réclamer sa liberté et qu'il n'avait jamais cherché à fuir. Il était évident que cela n'augurait pas une suite favorable. L'enjeu était ailleurs. Car tout le monde le savait, il faudrait un miracle pour que la cour reconnaisse des droits à l'esclave.

Il y avait aussi cette curiosité qui attirait du monde, et des noirs et des exploitants. On avait entendu parler de ce Gilbert Boucher, ce père de famille avait une belle situation de procureur général et avait osé affronter le clan Desbassayns, au risque de perdre sa place. Sans trop le connaître, on disait de lui que c'était un humaniste dont les paroles pouvaient soulever les cœurs. Des colons affirmaient, au contraire, que c'était un homme imbu de sa personne et motivé par la recherche de la célébrité. La foule ignorait qu'il avait été empêché de venir. Desbassayns n'avait pas de mots assez durs contre lui. C'était son pire ennemi.

« Messieurs, annonça le président de la Cour royale, nous allons rendre la justice au nom du roi. Le sieur Lory tient à faire valoir ses droits après que son esclave, le dénommé Furcy, a tenté de s'échapper. »

Ensuite, le magistrat donna la parole à l'avocat de Lory, il s'appelait Pol Satin. Ce dernier attaqua sur deux fronts. D'abord, sur le front juridique.

« Messieurs, lança-t-il, d'une manière un peu péremptoire, je ne veux pas vous abreuver de textes de loi, mais je tiens juste à en rappeler un à votre conscience. Le *Code noir,* oui ce *Code noir* qui a été créé pour protéger nos esclaves, ce règlement inscrit en décembre 1723, par le roi même, et spécialement conçu pour notre chère île et l'île de

France, la terre voisine ; eh bien, que dit ce *Code noir,* monsieur le président, messieurs la cour ? »

Il s'arrêta, regardant la salle sur sa droite, puis sur sa gauche. Son visage affichait une expression difficile à définir, rictus de mécontentement ou sourire. Il continua :

« Permettez-moi de rappeler tout d'abord ce que son article 24 stipule. Je le résume pour ne pas vous faire perdre votre précieux temps : les esclaves ne peuvent agir directement en justice, c'est à leur maître de les défendre auprès des tribunaux, si bien sûr il y a lieu de le faire. C'est à leur maître de poursuivre en matière criminelle et d'exiger la réparation des excès qui auront été commis contre leurs esclaves. »

C'est vrai, comme la loi l'exigeait, un esclave ne pouvait attaquer son maître (ou une autre personne) en justice sans passer par... son maître. C'était le propriétaire qui portait la voix de l'esclave. Comment, avec une telle règle, dénoncer les mauvais traitements ? Pol Satin se délectait.

« Je pourrais m'arrêter là », dit-il en marquant une pause pour juger de son effet — son visage arborait, cette fois, un sourire satisfait. « Oui, je pourrais m'arrêter là et signifier à l'esclave Furcy qu'il n'a aucun droit à ester en justice. Mais passons à l'article 39 de ce *Code noir* sur lequel je m'appuie et qui régit la bonne administration de notre île. Je ne vous répète pas que cette loi a été conçue pour protéger nos esclaves, comme Furcy. Son article 39 affirme haut et fort et simplement, messieurs, que les esclaves sont réputés meubles et comme tel il a été légué à Lory par feue Mme Routier, sa tante... Joseph Lory, en citoyen honnête, a réglé en bonne et due forme les droits de succession. On ne peut rien lui reprocher. Voilà pour le plan juridique. Et cela devrait suffire, messieurs. »

Visiblement, non. Il n'avait pas envie de s'arrêter, sûr de sa victoire.

« Mais je tiens à souligner l'humanité de sieur Lory. Il a toujours bien traité son esclave Furcy. Ce dernier n'a jamais eu à se plaindre des comportements de son maître. Il connaissait même les liens qu'il entretenait avec dame Célérine, et M. Lory fermait les yeux sur cette relation qui aurait pu valoir quelques coups de fouet, voire davantage. M. Lory est allé jusqu'à louer le bon comportement de Furcy, il n'a jamais eu à s'en plaindre. Bien au contraire, il en a fait son maître d'hôtel et son jardinier. Et voilà qu'aujourd'hui, son esclave le trahit en prenant la fuite. Messieurs, je viens protéger les intérêts d'un honnête homme. Et je vous demande de l'entendre. »

L'avocat alla se rasseoir, comme pour signifier qu'on en finisse, et vite. Il jeta un coup d'œil complice vers Lory, histoire aussi de chercher un compliment.

23

L'avocat de Furcy n'avait rien à perdre. Il se sentait d'autant plus libre dans son argumentation pour défendre l'esclave. On était en février 1818, trente ans avant l'abolition de l'esclavage. Il s'appelait Godart Desaponay. Il a placé son discours sur le registre humaniste, même si dès le début, il a voulu rassurer les colons. Quand on lit sa plaidoirie, on est sidéré par la force de ses convictions.

L'avocat prit la parole :

« Messieurs, je veux vous démontrer que Furcy est un homme libre, parce qu'il est né libre. C'est pour cela qu'il vient réclamer contre l'arrêt qui refuse de reconnaître les droits de son ingénuité. Il n'existe aucun homme de couleur dans la même position que lui ; ce n'est donc point un principe dont la proclamation pourrait effrayer les propriétaires d'habitations coloniales. Furcy ne veut nuire aux intérêts de qui que ce soit. »

L'attaque était judicieuse, elle était évidemment destinée à ne pas inquiéter les colons qui craignaient de voir l'affaire inspirer la révolte chez d'autres esclaves.

Puis, emporté par ses convictions, il enchaîna :

« Mais si les principes qu'il est obligé de soutenir, et qu'il développera avec la modération qui l'a toujours caractérisé, devaient plus tard être féconds en conséquences, est-ce au XIXe siècle que l'humanité devrait s'en affliger ? Non, la justice civile, comme la religion chrétienne devraient au contraire s'en réjouir. »

Tous les regards se fixèrent sur lui, comme s'il venait de révéler une monstruosité. Desbassayns de Richemont hocha la tête, un sourire moqueur aux lèvres.

Voulant enfoncer le clou, Godart Desaponay ajouta à la provocation. Il affirma en haussant le ton :

« Le droit public français a toujours consacré la maxime que nul n'est esclave en France. »

Il développa, s'appuyant cette fois sur des arguments plus juridiques :

« Madeleine, mère de l'exposant, est née en 1759, dans l'Inde, à Chandernagor ; elle est née libre et aurait toujours dû être considérée comme telle. En supposant, contre le texte des lois et règlements, que l'esclavage existât dans les établissements français de Pondichéry et de Chandernagor, l'Indienne Madeleine, par cela seul qu'elle avait touché le sol de la France et y était demeurée pendant quelques années, Madeleine, donc, avait acquis sa liberté, et par conséquent elle était libre de droit, quand elle fut conduite à Bourbon. »

L'avocat regarda la salle, puis il jeta un regard vers Furcy, qui restait calme. On se demandait qui soutenait l'autre. Il continua :

« On doit remarquer dans cet acte deux circonstances ; la première : c'est que Madeleine y est qualifiée d'Indienne ; la seconde : c'est que la dame Routier ne déclare pas que Madeleine lui a été vendue ; elle déclare que Madeleine lui a été donnée en France, à la seule condition qu'elle lui procure la liberté. De cette déclaration, deux conséquences. La première : l'affranchissement n'était pas nécessaire, parce que Madeleine était libre comme Indienne. La seconde : l'affranchissement n'était pas nécessaire, car Madeleine était devenue libre par son séjour en France. »

La plaidoirie devenait un peu trop technique et monotone. Mais Godart Desaponay voulait appuyer sa démonstration.

« Après son affranchissement, Madeleine a continué de vivre avec les siens sur l'habitation Routier ; elle a marié sa fille aînée, Constance, qui était libre. Quant à Furcy, après la mort de sa mère, incapable par son jeune âge d'apprécier sa position, il est resté dans l'habitation Routier. »

L'avocat aurait pu souligner qu'aucun enfant ne peut savoir s'il est libre à sa naissance. Il aurait pu souligner aussi que Furcy, à peine né, avait été trompé. Il aurait dû dire tout cela. Il resta sur le registre technique. Il se relança en apostrophant la salle, qui semblait s'assoupir — c'était presque l'heure du déjeuner. Il cria, ce qui a eu pour effet de surprendre une partie de l'assistance qui commençait à perdre le fil du discours.

« Que fit le sieur Furcy ? »

« Sieur » ? C'était habile, cette utilisation d'un terme réservé uniquement aux hommes libres, les esclaves n'avaient droit qu'à l'expression « le nommé » ou « la nommée ». Il n'attendit pas un instant pour juger de son effet. Il enchaîna immédiatement.

« À peine a-t-il été instruit de son état, que Furcy a invoqué la protection des lois. Il a présenté requête au procureur général de la Cour royale de Bourbon, M. Gilbert Boucher, pour lui dénoncer son état, et le même mois, par acte extrajudiciaire, il a déclaré au sieur Joseph Lory qu'il se regardait comme libre, et qu'il protestait contre son état d'esclave. »

Voyant que l'assemblée se déconcentrait, Godart Desaponay s'écria à nouveau.

« Pour première réponse, Furcy fut jeté dans les prisons de la ville ; sa réclamation fut portée devant le tribunal de première instance de Saint-Denis qui, par son jugement, rejeta sa demande. »

Il n'aurait peut-être pas dû rappeler cette décision négative.

À dire vrai, personne ne se faisait d'illusion, la cause était entendue. Furcy ne serait pas déclaré libre. C'était l'attitude de Desbassayns qui étonnait : il semblait nerveux, peut-être même avait-il peur. Il voulait une victoire absolue, qui ne donnerait à aucun esclave l'idée de se rendre au tribunal. Plus que ses amis, il avait senti le danger. Il savait également que, à Paris, des esprits commençaient depuis longtemps à s'échauffer en faveur de l'abolition. À Bourbon, ses frères, Charles et Joseph, qui avaient fait des études scientifiques et s'étaient rendus en Grande-Bretagne pour observer le progrès industriel, avaient choisi d'anticiper en mettant au point une machine pour remplacer avantageusement les esclaves des plantations sucrières, mais elle n'était pas encore satisfaisante.

24

À la fin de l'après-midi, le président réclama le silence. Il se leva, et prononça ces quelques mots, très lentement. Après chaque phrase, il marquait une longue pause.

« Considérant qu'il y a titre au procès, que le 8 décembre 1768, la nommée Madeleine, mère de Furcy, a été vendue dans l'Inde à la demoiselle Dispense.

« Considérant que ce titre, appuyé d'ailleurs de la possession et de la jouissance non contestée que la demoiselle Dispense a eue de ladite Madeleine, n'est détruit par aucun autre titre, ni par aucune réunion de circonstances formant masse de présomptions équivalentes à preuves.

« Considérant enfin que Furcy, étant né pendant l'esclavage de sa mère, en a retenu la condition ; que d'après les lois existantes au moment où la liberté a été accordée à Madeleine, les enfants au-dessous de l'âge de sept ans ne suivaient pas le sort de leurs mères affranchies... »

Le président du tribunal jeta un coup d'œil furtif

vers Desbassayns qu'il connaissait depuis de longues années — chaque mois ils se retrouvaient autour d'une bonne table. Il ajouta :

« Il s'ensuit que Furcy est aujourd'hui sans droit à réclamer un état, qu'il ne tient pas plus de la disposition de la loi que de la volonté de feue dame Routier. Tout considéré, faisant droit à l'appel pour le nommé Furcy, du jugement du tribunal d'instance, dit qu'il a été bien jugé, mal appelé. »

Il marqua de nouveau un temps, puis il conclut :

« Son appel n'est donc pas fondé. »

Toujours debout, son regard se porta vers l'assemblée, puis vers Furcy. On ne lisait aucune expression sur le visage de l'esclave, sinon encore de la détermination et une sorte de tranquillité. Enfin le président regarda Desbassayns avec un sourire bref.

« Messieurs, je vous remercie. »

Furcy n'était toujours pas libre. Se pouvait-il qu'il le fût un jour ?

Furcy avait perdu. Il avait perdu son procès en appel, mais il continuait d'effrayer, car il était devenu un symbole. Dans l'île, des milliers de gens parlaient de lui.

Il avait rejoint la prison. De plus en plus de noirs se rendaient à côté de son cachot, certains chantaient, d'autres faisaient du bruit pour manifester leur soutien. On se relayait, il n'était jamais seul. Son histoire faisait le tour de l'île d'une manière extraordinaire.

On se demande ce que Furcy pouvait bien penser. Était-il fier? Pouvait-il se contenter d'être un symbole? Et Célérine, ne lui manquait-elle pas? On n'arrive pas à imaginer s'il adoptait l'attitude d'un homme qui se sacrifiait pour une cause, ou s'il trouvait son sort injuste. Peut-être même regrettait-il d'avoir déclenché tout cela? Cela en valait-il la peine? De toute son existence, à plus de trente-deux ans, il n'avait connu que l'esclavage et la prison. Une vie enfermée.

Une nuit, alors que Desbassayns rentrait chez lui, il surprit une conversation entre deux noirs : ils évoquaient Furcy en chuchotant. On sentait de l'admiration dans leur voix. Ils se disaient que, peut-être, eux aussi pourraient revendiquer la liberté.

Ces bruits inquiétèrent Desbassayns. Il conseilla à Joseph Lory d'éloigner l'esclave de Bourbon. Cela tombait bien, la famille de Lory possédait une habitation à l'île de France. Il allait leur vendre Furcy, pas trop cher.

On le fit sortir de prison le 2 novembre 1818, à 17h30. La nuit était en train de tomber sur Saint-Denis, et les rues commençaient à se vider. Il faisait frais. Lory avait suivi à la lettre les recommandations de Desbassayns : il avait vendu Furcy à son frère aîné, Pierre Lory-Routier, et l'avait embarqué immédiatement sur le bateau *Le Clélie,* il lui avait retiré de force tous les papiers qu'il possédait. Direction : île de France. Le voyage dura dix jours, l'esclave avait une chaîne qui reliait sa main droite à son pied droit.

Le 12 novembre, ils arrivèrent à Port-Louis. Le matin était magnifique et animé. Par certains côtés, la ville avait des airs de Saint-Denis, elle respirait un parfum sucré et paraissait bienveillante.

L'habitation du frère de Lory, qui possédait une plantation sucrière, se trouvait à une vingtaine de kilomètres de Port-Louis. On obligea Furcy à marcher presque toute la journée. Après une année de captivité, il n'en avait plus l'habitude, ses genoux lui faisaient mal et ses jambes étaient enflées. Il arriva exténué. Ce fut Pierre Lory-Routier qui l'accueillit. Furcy remarqua qu'il avait six doigts à chaque main, un doigt mort était collé au petit (entre eux, les esclaves l'appelaient monsieur Six-Doigts). Il pointa son index vers le visage de Furcy :

« Je t'ai acheté 700 piastres à mon frère. Tu as intérêt à marcher droit, et je saurai te faire marcher droit. »

Furcy ne répondit rien.

26

Furcy a passé dix-huit années de sa vie à l'île de France, et je n'ai trouvé que des bribes d'informations sur lui. Dix-huit années de son existence, de 1818 à 1836, dans cette région que l'on appelle aujourd'hui l'île Maurice. Je voulais absolument savoir ce qui s'était passé durant cette longue période. Il existe si peu de traces. Je ne sais plus où j'ai entendu parler d'une correspondance échangée entre Furcy et Boucher. J'ai cherché ces lettres sans vraiment croire à leur existence. On dit tellement de choses. C'était improbable : à supposer qu'elles aient existé, elles seraient déjà diffusées partout...

J'ai pris l'avion pour la Réunion afin de me rendre aux Archives départementales, à Saint-Denis. J'ai pris l'avion comme si j'allais à la rencontre de Furcy, sans trop d'espoir, mais sait-on jamais. Auparavant, j'avais déniché quelques coordonnées auprès d'associations dont le but était de remonter la généalogie des esclaves, l'une d'elles était spécialisée dans la recherche de descendants originaires de l'Inde. Je fus agréablement surpris de voir à quel point les énergies se sont mobilisées alors que j'avais à peine esquissé l'objet de ma démarche : retrouver Furcy ou sa sœur et, peut-être, les lettres dont on parlait si elles existaient. Des femmes et des hommes de toutes origines, y compris certaines personnes issues de familles coloniales, m'ont proposé spontanément leur aide, sans rien connaître de mes motivations.

Aux Archives départementales de la Réunion, on m'a permis de consulter de façon exceptionnelle un DOSSIER NON CLASSÉ, les mots étaient soulignés et en gras ; ce dossier était en principe non communicable, il n'avait pas encore fait l'objet d'un classement quatre ans après son acquisition aux enchères à Drouot.

En consultant ces documents, j'ai été stupéfait : j'ai retrouvé SEPT LETTRES SIGNÉES FURCY. Je n'osais y croire, je suis resté de longues minutes sans pouvoir les lire, ni chercher à le faire. J'étais comme abasourdi. J'ai juste regardé plusieurs fois sa signature pour être sûr que les lettres étaient bien de lui. J'avais le sentiment d'avoir enfin retrouvé la voix de Furcy, retrouvé sa parole : c'était un peu de silence qui se brisait devant moi.

À ma connaissance, cette correspondance constituait le premier témoignage direct d'un esclave en France, l'un des rares en tout cas. Bien sûr, j'ai pensé que quelqu'un d'autre aurait pu les écrire pour lui. Je suis aujourd'hui certain que non : il savait écrire, ces lettres lui ressemblent, et, au bout du compte, même s'il les avait dictées, elles sont à la première personne. C'est sa voix.

Elles sont remarquables, ces lettres, superbement bien tournées, avec application, du style et de la culture. À leur lecture, j'ai découvert un autre Furcy, toujours vigoureusement déterminé à recouvrer sa liberté — extrêmement déterminé même —, mais j'y ai vu aussi un homme responsable, respectueux, conscient de ce que Boucher avait réalisé pour lui, un homme patient et qui n'avait pas peur de l'adversité. Un homme qui n'hésitait pas à demander un service à l'occasion, et qui s'était constitué un formidable réseau pour y arriver.

La première lettre, courte, est envoyée de Saint-Denis. Furcy informe Boucher qu'il a perdu son procès contre Lory. Toutes les autres lettres portent la mention « Port-Louis, île Maurice ». Dans le dossier des archives, elles portent les numéros provisoires de 69 à 74 (elles ne sont pas toutes numérotées). L'une d'entre elles est expédiée le 1er juillet 1821 et Boucher l'annote « Reçue le 1er février 1822 ». Le procureur général se trouvait alors à Bastia.

Furcy a une patience sans limites et un savoir-faire certain car, de Port-Louis où il est tenu sous le joug de la famille Lory, il réussit à suivre la carrière chaotique de Gilbert Boucher ; celui-ci, après Saint-

Denis, a été nommé à Bastia, puis Paris, Bordeaux, Poitiers.... C'est incroyable le réseau que l'esclave a mis en place pour se tenir informé ; il n'a visiblement pas de difficultés à connaître les nombreuses adresses de l'ancien procureur général de Bourbon ; parfois il passe par un membre de la famille du magistrat qui transmet une lettre, ainsi prend-il contact avec le beau-frère de Boucher ; d'autres fois il recourt à un ami ou à sa propre famille, son neveu par exemple.

J'ai réussi à reconstituer une partie du parcours de Gilbert Boucher sur près de trente ans. Il n'est jamais resté plus de deux ans dans une même ville, le plus souvent il tenait une année, puis il s'en allait. Avant Bourbon, où il est resté de juillet à décembre 1817, c'était déjà le cas. Ce natif de Seine-et-Oise avait commencé sa carrière en Italie, à Parme, comme substitut du procureur. Il y avait vécu douze mois à peine. Ensuite, il s'était installé à Florence, Arezzo puis Rome, toujours comme substitut — trois postes en deux ans ! Il rentre en France à l'âge de trente-deux ans mais il ne se fixe pas pour autant ; il est avocat général à Orléans, une seule année en 1814, puis à Paris, en 1815. Je ne sais comment il décroche le titre de procureur général, fonction qu'il exerce à Joigny puis à Auxerre, la même année, en 1816 ! Ensuite, il rejoint Bourbon et ce n'est pas un poste glorieux, les îles étant réservées aux éléments récalcitrants de la magistrature, ou à ceux qui ont de la famille sur place. Après son « renvoi » de Bourbon, on expédiera Boucher en Corse, à Bastia. Tiens, cette fois, il y restera près de quatre ans... À partir de 1823, je perds sa trace, et je ne la retrouve qu'en 1830, date à laquelle il est nommé à Poitiers. J'ai aussi déniché son adresse à Paris : il habitait, rue de Bondy, au numéro 23. C'était une petite rue près de la porte Saint-Martin, une voie modeste et peu éclairée ; seul le restaurant Deffieux qui organisait des noces l'animait. L'établissement a été brûlé et remplacé par le théâtre de la Renaissance. Aujourd'hui, la rue de Bondy n'existe plus, elle a été élargie et rebaptisée René-Boulanger, elle se trouve dans le Xe arrondissement.

Avec tous ces changements, je me suis demandé comment Boucher pouvait s'attacher à des gens, à un lieu, à une maison, tout ce qui peut apaiser un peu l'âme ? C'est insupportable de vivre avec l'idée qu'il faut toujours quitter quelqu'un ou quelque chose, l'esprit est constamment en effervescence.

Dans cette correspondance de Furcy, j'ai souvent croisé le nom d'Aimé Bougevin, négociant à Port-Louis, qui semble l'avoir beaucoup soutenu en lui servant d'intermédiaire ou de boîte postale.

Les lettres disent toutes la même chose, ou à peu près. C'est un appel à l'aide, une demande de service pour retrouver des papiers qui pourraient servir sa cause. Deux missives sont quasiment identiques, Furcy écrit qu'il a expédié une lettre un an plus tôt et, n'ayant pas reçu de réponse, il récidive. Oui, il fallait avoir beaucoup de patience. Et je suis sûr qu'il existe d'autres lettres encore, combien se sont égarées?

Il signe le plus souvent « Furcy », sauf à deux reprises. Une fois, il conclut par un rageur « Furcy, né libre, esclave maintenu par la cupidité d'un homme ». Une autre : « Furcy Lory ». Je savais que lors d'un affranchissement, les esclaves prenaient le nom de leur exploitant, comme s'ils étaient de la même famille, mais Furcy n'avait pas été affranchi...

La correspondance s'écoule de 1817 à 1836, et je résume cette longue période en quelques lignes. Furcy, lui, a tant patienté et tant espéré. Comment faire ressentir près de vingt années de malheur? Comment résumer la souffrance? Chaque jour, il devait s'attendre à des nouvelles et, chaque jour, il reprenait espoir pour le lendemain. Qu'est-ce qui l'a aidé à ne jamais abdiquer? Son entêtement est hors normes. En 1822, il écrit à Boucher en Corse.

J'ai eu l'honneur de vous écrire l'année dernière, mais l'incertitude dans laquelle je suis de savoir si ma lettre vous est parvenue, me fait prendre la liberté de vous adresser celle-ci par triplicata, pour vous supplier très respectueusement de daigner rappeler à votre mémoire le triste souvenir de ma malheureuse affaire de Bourbon.

En 1826, il effectue la même démarche :

Port-Louis, île Maurice, 15 mai 1826

à Monsieur Boucher,
ancien procureur général
à l'Île Bourbon

Monsieur,

J'eus l'honneur de vous adresser, vers la fin de 1824, une lettre qui vous a été remise, ou à votre beau-père, Mr. Legonidec, par une dame qui demeure à Paris. Je n'ai point reçu de réponse et je crois que ma lettre ne vous est point parvenue. Je le crois parce que je suis sûr que l'infortuné à qui vous vous intéressâtes à Bourbon ne peut être entièrement effacé de votre mémoire. Je prends donc encore la liberté de vous écrire pour vous supplier de penser à moi, de me faire savoir si je ne dois plus espérer et si, né libre, il m'est défendu de jouir des droits que ma naissance m'accordait. J'ai été vendu à la sœur de l'homme qui se disait mon maître et depuis sept ans je suis à Maurice, éloigné de mes enfants et même privé de l'avantage dont jouissent tant d'autres esclaves, celui d'être maître de mon temps et de mes actions quoique j'aie offert à mes maîtres prétendus jusqu'à dix piastres par mois.

Vous le savez mieux qu'un autre, Monsieur, si j'avais et si j'ai encore des droits à réclamer ma liberté, vous m'encourageâtes dans mes demandes, vous me protégiez, j'allais respirer l'air de la liberté, vous partîtes, je suis esclave.

On n'a pas voulu me laisser le droit de choisir mon avocat, et en voyant celui que la cour m'a désigné, celui de mon adversaire, je devinai mon sort.

C'est donc à vous que je m'adresse comme au seul homme qui daignait s'intéresser à moi, c'est depuis [illisible] de Maurice que je vous fais entendre ma voix pour vous demander si fils d'une Indienne libre qui avait séjourné en France, je puis être compté au nombre des esclaves sans qu'on viole toutes les lois, toutes les institutions qui font la sauvegarde du pays que vous habitez, dont je suis moi-même, car je suis né [illisible] d'un colon français et je suis fils d'un Français de naissance.

Le Roi, m'a-t-on dit, vous a honoré du titre de Procureur général à Bastia, on prétend que vous en êtes revenu, sans doute que de nouvelles charges vous ont été [illisible] le gage de l'estime du souverain. Que ne peut-il être instruit de mon sort! Que vous êtes mon interprète auprès de lui! Je serais sûr alors de rentrer dans mon droit.

En attendant une réponse que je demande non à votre bonté (que je connais bien grande), mais à votre justice, permettez à un homme dans les fers de la servitude que vous seul pouvez faire tomber, de vous assurer de sa respectueuse et éternelle reconnaissance.

Furcy Lory

C'est cette lettre qu'il enverra deux fois avec sensiblement les mêmes mots. Son expression témoigne d'un niveau élevé d'éducation. L'appel au secours est feutré mais bien réel, obstiné. Et il y a des phrases superbes qui ont dû regonfler le cœur fatigué de Boucher quand il reçut ce mot à Bordeaux, le 25 janvier 1837 :

Port Louis, île Maurice
1ᵉʳ octobre 1836

à Monsieur Gilbert Boucher
Procureur général
À Poitiers

Monsieur,
Quand on est malheureux on aime à se rappeler des âmes charitables qui vous ont porté de l'intérêt, on aime à leur raconter encore ce qu'on éprouve surtout quand on est persuadé qu'on sera écouté, et que la personne à qui l'on s'adresse est juste, et qu'elle rend justice à qui le mérite, mon début Monsieur pour tout autre que vous pourrait paraître un peu flatteur, mais vous me connaissez et me pardonnerez bien sûr, jamais Monsieur je ne prononce votre nom sans une vive émotion. Celui qui ne veut que la justice et qui a préféré abandonner son avenir peut-être plutôt que de rendre un jugement inique, celui-là doit être vénéré, aussi Monsieur tant que j'aurai un souffle de vie je ne cesserai de penser à tout ce que vous avez fait pour moi, un

jour Monsieur tout cela vous sera rendu non pas par moi, mais par Dieu.

Depuis mon arrivée à Maurice, j'ai fait tout pour me procurer à Bourbon les pièces nécessaires à mon procès, on m'a fait bien des promesses mais personne n'y a tenu, j'ai été obligé d'envoyer mon neveu pour les chercher, il a feuilleté les registres et à ceux où devait se trouver mon acte de naissance manquaient plusieurs feuillets, c'est à vous que j'en appelle, et que direz-vous de cela !...

J'étais décidé à aller moi-même à faire un voyage à Bourbon, mais avant de l'exécuter, j'ai écrit une lettre au Gouverneur de Bourbon pour lui demander protection contre ceux qui pouvaient ou voudraient me tracasser, mais au contraire je fus trompé dans mon attente, vous verrez plus bas, Monsieur la copie de ma lettre et celle de sa réponse, dont j'ai fait faire une copie collationnée que j'envoie à Mr Godart de Saponnay.

Vous saurez Monsieur que Mr Lory a envoyé sa procuration à Mr Richemont Des Bassins, vous savez Monsieur que tous mes malheurs viennent de ce dernier, et que tous les juges excepté un (Mr Saint Romain) étaient parents de Mr Lory, moi pauvre malheureux pouvais-je avec tous ces juges obtenir justice ?

Mr. Achille Bédier a écrit de Bourbon à un de ses amis à Maurice pour lui dire de m'engager à transiger avec Mr Lory, aucune condition ne m'a été faite, on m'a demandé mes prétentions et je les ai évaluées à cinquante mille francs, je suis encore à savoir si Mr Lory voudra acquiescer à ma demande.

Voilà où j'en suis depuis mon arrivée ici, je n'ai pas voulu vous laisser ignorer mon état, persuadé que ça vous fera plaisir.

Mr Eugène Provost m'a dit ici qu'il avait vu mon acte de naissance sur les registres à Bourbon et vous en a parlé, ainsi, si vous [illisible] pouvez donner des renseignements à Mr Godart de Saponnay.

Soyez, je vous prie Monsieur, l'interprète de mes sentiments respectueux auprès de votre famille.

Je suis Monsieur avec la plus parfaite considération

votre très humble et très obéissant serviteur.

Furcy

Et voici la copie de la réponse du gouverneur à la demande de Furcy de se rendre à Bourbon pour retrouver son acte de naissance.

Le Gouverneur de Bourbon prévient le nommé Furcy qu'il ne peut, dans son propre intérêt, lui accorder l'autorisation de venir à Bourbon. Son avocat à Paris peut se pourvoir auprès de Mr Le Procureur Général à la cour de cassation, pour obtenir toutes les pièces qui lui sont nécessaires, et qui peuvent être dans les dépôts publics de la colonie.

Saint-Denis, île Bourbon, le 17 septembre 1836,

Signé : Cuvillier.

27

Au bout de ma troisième année de recherches, je ne savais toujours pas ce que Furcy avait pu vivre durant la longue période qu'il avait passée à Maurice. Me rendre sur l'île sans information préalable me semblait inutile. J'avais appelé le conservateur de la bibliothèque du Centre culturel de Port-Louis en lui indiquant quelques éléments, mais il n'avait rien trouvé. C'est encore Gilbert Boucher qui vint à ma rescousse. Je suis tombé sur ce brouillon admirable, rédigé fiévreusement, pratiquement illisible. Il tentait de retracer le parcours et l'existence de Furcy à Maurice. En me concentrant, j'ai réussi à le lire dans sa presque totalité, des passages restaient indéchiffrables. Le document s'avérait précieux. J'en apprenais énormément. Et d'abord ceci : Furcy avait souvent été battu par Lory, et souvent violemment.

En recherchant des témoignages, et sans doute même en parlant avec Furcy ou sa sœur, Gilbert Boucher avait pu recueillir ces informations :

151

On abusait tellement des forces de Furcy que quand il avait fini le service de la maison après le dîner, on l'envoyait à la Rivière-des-Pluies, distante de trois lieues, pour chercher des provisions. Il était si fatigué qu'il crachait du sang. On le punissait pour des broutilles.

Chez monsieur Lory, il était non seulement maître d'hôtel, mais aussi jardinier. Pour le jardin, Lory exigeait que les couleurs contrastent [illisible], et si ça ne lui plaisait pas, il faisait battre Furcy. Furcy était responsable des autres esclaves, si l'un d'entre eux était maladroit, on battait et le maladroit et Furcy lui-même. Il était également chargé de la surveillance des domestiques, on lui faisait payer la vaisselle cassée.

Un jour, Furcy a reçu des coups de pied et des coups de poing. Le chemin qu'il avait emprunté pour aller se soigner était couvert de sang qui coulait de son nez. [illisible] Mme Lory était furieuse.

Un autre jour, Mme Lory était embêtée : pour redoubler un vêtement, un couturier lui avait demandé 50 piastres. Furcy proposa de le faire et le réussit si bien que Mme Lory était si contente et si enthousiaste qu'elle donna une piastre à Furcy. Mais, très vite, elle le lui reprocha si souvent, affirmant qu'il ne le méritait pas, que l'esclave finit par remettre son piastre. Alors monsieur Lory tomba sur lui et l'accabla de coups.

Dans ses lettres, Furcy ne fait jamais allusion à ces violences quotidiennes, ni à ces humiliations.

28

Pendant six ans, il a travaillé la moitié de l'année
à la récolte, et l'autre moitié, on l'envoyait s'occu-
per des cinq grandes chaudières où l'on faisait
bouillir le sucre. C'était l'activité la plus pénible,
l'air y était suffocant, la chaleur insupportable, des
poussières fines collaient au corps.

Furcy échappa à ce régime en 1824, quand un
cyclone détruisit la sucrerie. Ce n'était pas forcément mieux, durant toute cette année, il devint
maçon puis charpentier pour reconstruire un bâtiment encore plus grand que celui qui avait été
emporté. Il retourna à la plantation jusqu'en 1828.
Physiquement, c'était évidemment rude, Furcy
vieillissait à vue d'œil. Surtout, on cherchait à l'humilier en permanence, on lui rappelait son action
auprès du tribunal, on lui faisait payer son audace,
si bien que tous les esclaves de l'habitation et des
environs connaissaient sa situation... C'était aussi
pour montrer aux autres ce qui pouvait leur arriver
si par malheur ils avaient le même désir de liberté
que Furcy. Lui, il ne disait rien. Et jamais l'idée

d'abdiquer ne lui a traversé l'esprit. De même que l'idée de fuir.

Tant de patience peut impressionner, et on peut supposer que sa foi a dû l'aider. Furcy faisait souvent référence à Dieu. Bien sûr, on songe à *La Case de l'oncle Tom* et à ce personnage qui traverse le roman avec une Bible, affrontant une suite de malheurs et de sacrifices jusqu'à sa fin.

1828, c'est l'année où Pierre Lory-Routier dut retourner à l'île Bourbon. Cette fois, Furcy fut loué au beau-frère, Jacques Giseur-Routier. Ce dernier n'avait qu'une obsession, rentabiliser sa location ; il fallait que l'esclave rapporte, et vite. Furcy comprit que Giseur était obnubilé par les affaires, son unique sujet de conversation. L'esclave n'attendit pas deux semaines avant de lui proposer un marché.

« Monsieur..., dit-il

— Tu m'appelles maître, pas monsieur...

— Maître... Si vous m'autorisez à travailler à Port-Louis, je pourrai vous apporter davantage d'argent. Vous le savez... »

Giseur-Routier l'interrompit en levant la main. Puis, il partit, dissimulant mal son étonnement devant la proposition de Furcy. Il ne voulait pas lui répondre tout de suite, pour montrer que c'était lui qui maîtrisait les affaires, et non un esclave. Mais il connaissait les multiples talents de Furcy, Lory lui en avait parlé, et il avait lui-même pu le constater rapidement. Maître d'hôtel en chef, jardinier, maçon, charpentier, couturier. Certains disaient aussi que l'esclave n'avait pas son pareil pour cuisiner, réaliser des pâtisseries et même des confiseries. Oui, à bien réfléchir, Furcy pouvait décidément lui apporter beaucoup.

Giseur-Routier avait de lourdes dettes. Il lui donna son autorisation, non sans le menacer.

« Je te préviens, tu paieras ton gîte et ton couvert avec tes deniers, il me semble que tu en as. J'exige que, dès le troisième mois, tu m'apportes 1 000 piastres par mois, sinon tu retournes à l'habitation », dit-il en pensant que s'il arrivait à en tirer la moitié ce serait déjà une belle affaire.

En arrivant à Port-Louis, Furcy regarda les bateaux lourdement chargés et leva les yeux vers la montagne, il pensait à Bourbon. Ici, se dit-il, les rues sont plus étroites. Une ancienne certitude lui revint, enfouie depuis longtemps : il allait retrouver la liberté, il en était convaincu.

On lui avait parlé de l'abbé Déroullède, il pouvait l'aider. Il n'eut pas de mal à le trouver. Le prêtre lui apporta un soutien extraordinaire, son immense générosité soulageait les âmes. Il avait mis en place un réseau d'entraide efficace. Déroullède conseilla à Furcy de se rendre chez un ami, Aimé Bougevin, un négociant : il aurait du travail pour lui et de l'influence auprès des institutions publiques, il savait comment faire.

Furcy prit la plume et adressa une lettre au gouverneur de Maurice (depuis peu, on ne disait plus île de France). Il lui expliqua sa situation d'homme libre retenu illégalement en esclavage. En bas de la lettre, il laissa l'adresse d'Aimé Bougevin pour qu'on puisse lui répondre.

Les services du gouverneur répondirent assez rapidement (son cas était connu), ils ne se considéraient pas compétents pour juger ce genre de litiges et lui conseillèrent de se diriger vers les tribunaux. À la vérité, ils avaient peur de se retrouver en conflit avec la famille Desbassayns et l'un de ses membres, le comte de Villèle qui était Premier ministre depuis 1821.

S'il n'obtint pas la réponse qu'il attendait, sa lettre déclencha néanmoins une enquête. On s'aperçut alors que Joseph Lory n'avait pas enregistré Furcy lorsqu'il l'avait embarqué à Bourbon. Aucune trace de son nom parmi les passagers. C'était pourtant la loi, toute marchandise — et l'esclave était considéré comme telle — devait être déclarée. Lory était en infraction.

En 1829, presque dix ans après qu'il avait rejoint l'île Maurice, les autorités anglaises qui administraient le territoire punirent d'une amende la famille Lory et, comme il était d'usage dans ces cas-là, ils « libérèrent » la marchandise : ils émancipèrent Furcy. Ainsi, en 1829, il est libre grâce à une loi qui fait de lui... un meuble ! C'est bien la première fois qu'une réglementation lui est favorable...

Mais l'émancipation n'est pas la liberté, et Furcy,

lui, veut la liberté absolue, indispensable pour se marier, avoir des enfants, se donner un nom, leur donner un nom — Pour atteindre son objectif, il doit retourner à Bourbon. Au tribunal.

Après cette émancipation, Furcy se mit à son compte en tant que confiseur. Longtemps, je n'en ai pas su plus. Mais à force de chercher, on tombe sur des informations qu'on n'attendait plus. À mon grand étonnement, j'ai trouvé un article du journal *L'Abolitionniste français* qui mentionnait Furcy et évoquait son long emprisonnement, puis son exil à Maurice. Le journal employait ces mots mystérieux, ces mots réjouissants : « Furcy était devenu, comme confiseur, une des notabilités de l'île. » Je me suis demandé ce qu'était une notabilité. J'ai pensé que ce devait être quelqu'un de reconnu. On y disait aussi qu'il avait fait fortune. Cela m'a fait plaisir, mais je n'en ai pas été surpris. Je commençais à connaître le personnage, sa détermination et aussi ses multiples talents.

J'ai appris aussi que Furcy avait des enfants. Il l'écrit, mais n'indique pas leur nombre, pas plus que le nom de la mère : s'agissait-il de Célérine ? Il tente de se marier, mais l'administration mauricienne ne peut le lui autoriser, à cause de cet acte de baptême qu'il ne peut se procurer ; il fera tout pour le retrouver.

29

C'était la guerre des papiers. Oui, il y eut une bagarre inimaginable autour des documents administratifs. C'est à travers ces lettres que j'ai compris l'importance cruciale des « papiers », ces pièces avec un tampon qui donnent une identité, une preuve de vie, et Furcy avait besoin de Gilbert Boucher pour retrouver les documents nécessaires à son procès.

Il était en quête d'un acte de naissance, d'affranchissement ou de baptême, c'était une question vitale pour lui. Il demandait même à Boucher de se rendre à Lorient — qu'il écrivait « L'Orient » — ou d'envoyer quelqu'un pour voir si la religieuse Dispense n'avait pas déposé des papiers chez un notaire, ou un contrat des conditions qui avaient été passées entre Mme Routier et Mlle Dispense. En fait, durant toutes ces années, Furcy cherchait ses propres traces. C'était comme une métaphore de l'histoire de l'esclavage : il n'y a pas d'archives, ou si peu. Un universitaire, Hubert Gerbeau, qui a enseigné à la Réunion, affirmait : « L'histoire de l'esclavage est une histoire sans archives. » J'ai pensé aussi que les pays pauvres et les peuples décimés l'étaient d'autant plus qu'ils n'avaient ni papiers, et par conséquent rien sur quoi fixer une mémoire.

Quand l'esclave envoya son neveu à Bourbon pour consulter son acte de naissance, il manquait plusieurs feuillets dans le registre ! Quand, de son vivant, Madeleine tenta de retrouver son certificat de baptême, on l'en empêcha. De nombreux registres, des comptes rendus de procès ont été brûlés dès que l'abolition fut sur le point d'être proclamée. Un incendie eut lieu au tribunal d'instance de Saint-Denis. C'est pourquoi le dossier rassemblé minutieusement par le procureur général constituait un trésor.

En fait, tout le monde était conscient du « coup » réalisé par Boucher : il était parti avec le trésor. Desbassayns le lui réclamerait avec insistance : « Ces documents appartiennent aux autorités de Bourbon », se plaignait l'ordonnateur. Lory fit la même chose, il alla jusqu'à écrire à Gilbert Boucher quand ce dernier exerçait à Bastia pour lui demander de rendre le mémoire qu'avaient constitué Madeleine puis Constance. Les colons devenaient fous, ils savaient qu'il y avait des pièces d'importance, comme l'acte d'affranchissement de Madeleine, Boucher en avait fait une copie certifiée conforme. Dans l'enceinte d'un tribunal, ce bout de papier pouvait emporter la mise, le magistrat en était conscient.

L'ancien procureur général de Bourbon ne céda

jamais. À Bastia, à Paris, à Poitiers, à Bordeaux, il garda le dossier auprès de lui, et il le compléta de lettres, de copies, d'actes juridiques. Au besoin, il suscita des témoignages, il en recevait beaucoup : 33 lettres de Bourbon, écrites par des notables qui racontaient les exactions de Desbassayns. Certains disaient leur tristesse de ne plus le voir, lui, Boucher.

Il prenait des notes tous les jours, se mettait au courant des nouvelles lois. Il recopiait des pièces, même au pied du bateau quand il quitta Bourbon. Toute sa vie, il prit des notes.

Aux Archives départementales de la Réunion où je consultais son dossier, j'ai pris des notes, moi aussi, car la photocopie est interdite. Je notais avec la peur d'oublier un document ou un passage essentiel, tout était si important et si révélateur. Par moments, j'avais du mal à respirer face à la tâche qui m'attendait, je n'arrivais pas à me relire, je prenais un peu de temps pour retrouver mon souffle. Je me disais que Gilbert Boucher avait passé son existence à recueillir et à recopier des papiers, et que j'étais en train de continuer, j'avais envie de l'aider à ma manière, de poursuivre son immense travail, je désirais que tout ce que j'étais en train de découvrir soit connu du plus grand nombre : il y avait des textes magnifiques, des plaidoiries magistrales, dans ce dossier. Et ces sept lettres signées Furcy.

30

Gilbert Boucher pensait que pour comprendre une époque, il fallait observer son « modèle économique », voir comme il fonctionnait.

Pour lui, l'esclavage était un redoutable système, sans doute le plus rentable qui ait jamais existé. Boucher avait des pensées amères : « On a habillé l'esclavage du vernis de la morale, de la religion. Ah, Dieu ! qu'est-ce qu'on a pu faire en ton nom ! On l'a même justifié par des considérations physiques, naturelles... En réalité, il n'est question que d'argent, de commerce. La religion, comme la morale — fluctuante —, n'était que le moyen de faire admettre des atrocités », se disait-il.

Et la couleur de la peau ? D'abord, le mot noir était avant tout synonyme d'esclave. Ensuite, à l'île Bourbon, il existait tellement de nuances de couleur de peau qu'il était bien difficile de s'y retrouver. On avait bien essayé d'établir des catégories : blanc, métis, noir ou rouge. C'était tellement compliqué que l'administration coloniale avait abdiqué face à toute tentative de classification. En pensant à cela,

Boucher avait esquissé un sourire. Il se rappelait qu'à son arrivée sur l'île Bourbon, il avait été frappé par cet extraordinaire mélange de population. On y croisait des gens de toutes sortes, des noirs aux traits d'Asiatiques, des blancs aux formes négroïdes, des Indiens, des blonds à la peau brune, et toutes les couleurs et toutes les formes de cheveux... Il existait tant de teintes de peau, y compris au sein d'une même famille, qu'il était bien difficile de classer tel homme ou telle femme dans telle catégorie.

Enfin, tout était bien moins monochrome qu'on veut bien le croire. Bien sûr, il y avait des noirs esclaves. Mais des noirs possédaient aussi des esclaves, et nombre d'entre eux étaient farouchement opposés à toute idée d'abolition. Des noirs chassaient, jusqu'à les tuer, d'autres noirs. Des noirs asservissaient des métis... Et il arrivait souvent que, dès qu'un esclave devenait affranchi, il ambitionnait de posséder des esclaves, lui aussi. Des blancs aidaient des noirs, et vice versa... Boucher savait également que dans l'Afrique de l'Ouest des hommes — noirs, notamment des rois autoproclamés, des princes de village ou des chefs de tribu — s'étaient considérablement enrichis en vendant une partie de leur peuple. Ils n'étaient pas les moins atroces quand il s'agissait de maltraiter et de torturer. Des musulmans, aussi, avaient exercé les pires exactions.

Il suffisait d'observer le système économique, et tout s'éclairait. Cette idée ne quittait pas l'esprit de Gilbert Boucher. Si l'on regardait de plus près, pensait-il, tout était organisé pour maintenir le système en place : l'homme considéré comme une marchandise ; l'interdiction pour les esclaves de posséder et donc de s'enrichir ; l'interdiction de s'instruire ; l'interdiction de porter plainte... Tout était diaboliquement ingénieux. D'ailleurs, quand cela pouvait arranger les esclavagistes, on mettait de côté certaines considérations. Les relations sexuelles entre blancs et noirs, par exemple, pour ne pas dire les viols, étaient monnaie courante. On s'en accommodait.

Tous les rouages politiques, administratifs, judiciaires tendaient vers ce seul but : entretenir la machine esclavagiste pour nourrir l'économie. Des industries entières avaient prospéré grâce à ce système. Autrement, ce n'aurait pas été aussi efficace. L'abolition faisait peur, non pour des raisons idéologiques ou philosophiques, mais pour des raisons économiques.

La loi établissait qu'un homme était une marchandise. Et, forcément, en luttant contre cela, on entrait dans l'illégalité.

C'est pour ces raisons que l'affaire de l'esclave Furcy ébranlait tout une organisation parce qu'elle prenait la voie des tribunaux, elle attaquait au cœur du fonctionnement, avec le « risque » que 16 000 esclaves exigent leur liberté. C'est pour cela aussi que Boucher s'était juré de ne jamais perdre de vue cette histoire, quel que soit le lieu où il se trouverait.

Et Dieu sait qu'il en avait fait des villes, en raison d'une carrière chaotique. Comme certains magistrats qui avaient exercé leur fonction dans les colonies, il s'était retrouvé en conflit avec le ministère de la Marine qu'il avait attaqué au Conseil d'État. On lui devait 10 000 francs de traitements.

Oui, il avait suivi l'affaire de l'esclave Furcy partout où il se trouvait. Il avait tenu sa promesse au-delà de l'imaginable, constituant pièce par pièce tout un dossier, avec énergie et ténacité, une ardeur proche de la pathologie, ou de la foi. Entre 1817 et 1840, presque chaque jour durant vingt-trois ans, il avait constitué un mémoire de près de mille pages. C'était impressionnant. Chaque pièce était recopiée en plusieurs exemplaires, il avait laissé des brouillons, des remarques en marge, souligné des articles de loi, repris des extraits de registre, classé clairement les correspondances qu'il avait reçues. Devant un tel travail, on ne pouvait qu'être admiratif, percevant dans cette démarche quelque chose d'héroïque.

Ce dossier, Gilbert Boucher l'avait légué à sa famille, comme on lègue une fortune soigneusement constituée. Je ne comprends pas pourquoi ses descendants ne l'ont fait resurgir qu'un siècle et demi plus tard. Ignoraient-ils sa dimension historique, son inestimable valeur ?

31

Boucher avait suivi la carrière de Sully-Brunet, le jeune homme timide et audacieux qu'il avait connu à Bourbon n'existait plus. À quarante-six ans, Jacques Sully-Brunet était désormais un homme politique influent, amené à prendre de lourdes responsabilités. Le hasard fit qu'ils se retrouvèrent tous les deux à Paris en cette année 1841, Sully-Brunet y habitait et entamait une carrière de député chargé des colonies. Boucher ne faisait qu'y passer. Toute sa vie, il n'avait fait que passer. Il avait cinquante-neuf ans, il en paraissait dix de plus. Sa santé, dont il ne se préoccupait guère, était chancelante, il n'avait pas bonne mine, il était désargenté, et toujours en conflit avec l'administration qui lui devait 10 000 francs. C'était lui qui avait demandé à voir Sully-Brunet quand il avait appris qu'il vivait à Paris. Il voulait savoir si le député pouvait aider d'une manière ou d'une autre Furcy ; et, pourquoi se le cacher, il mourait d'envie de voir ce qu'était devenu le garçon qu'il avait croisé plus de vingt ans auparavant.

Le contraste était saisissant. D'un côté, un vieil homme courbé, le regard fatigué, les cheveux défaits, les vêtements élimés, qui tenait un vieux dossier ; de l'autre, un homme droit, sérieux, visage frais, rasé, bien coiffé, habillé impeccablement, une serviette à la main, qui paraissait sûr de lui.

Sully-Brunet n'avait pas reconnu tout de suite l'ancien procureur général de Bourbon qui était assis dans ce café de la rue de Bondy, café trop modeste pour le standing du député, mais il n'avait pas voulu vexer Boucher. En voyant un homme lui sourire tristement, il comprit. L'ancien substitut se montra courtois et respectueux. Il admirait toujours Boucher, mais leurs opinions étaient désormais bien éloignées.

« Cher monsieur, vous ne pouvez pas imaginer à quel point je suis heureux de vous revoir. Je ne vous ai jamais oublié », dit Sully-Brunet. Boucher fut flatté de l'accueil. Ils parlèrent évidemment de ce qui les avait réunis en 1817, près de vingt-quatre ans plus tôt. Mais l'ancien substitut avait oublié jusqu'au prénom de Furcy. Quand Boucher le lui rappela, tout lui revint à l'esprit, avec un goût désagréable : il se remémora parfaitement son exil forcé, les humiliations qui avaient suivi, et les deux années perdues à cause de cette histoire qui l'avait obligé à écrire au ministre pour pouvoir reprendre sa fonction. Tout cela revint d'un seul coup, comme un cauchemar. Boucher reprit la parole, sentant le malaise qui venait de s'installer.

« Furcy m'a écrit de nombreuses lettres pour m'informer de sa situation. Il est toujours maintenu en esclavage, il se trouve à Maurice. Je ne sais comment l'aider, et je me suis demandé si vous pourriez lui être d'un quelconque secours. »

Sully-Brunet encaissa. Il écarta les mains, paumes vers le ciel en hochant la tête. Après un long silence pour montrer sa désolation — il pouvait faire beaucoup, mais pas ça — il répondit :

« Vous savez que dans ma position actuelle, il m'est difficile d'intervenir dans ce domaine... »

Boucher l'interrompit.

« Oui, j'ai lu que vous vous êtes opposé aux propositions de loi qui visent à améliorer les conditions de vie et de travail des esclaves, mais pourquoi ?

— Parce que cette loi abolitionniste est inutile et perverse. Inutile, car les propriétaires n'ont aucun intérêt à maltraiter leurs esclaves. Au contraire, le maître assiste l'esclave dans sa faiblesse. Perverse, parce que cette loi mettrait en péril l'économie de nos colonies. Je sais de quoi je parle. J'ai hérité de ma famille l'habitation de la Réserve, à Sainte-Marie, je suis propriétaire d'immeubles et d'une centaine d'esclaves. »

Sully-Brunet parlait comme s'il s'adressait à un auditoire lors d'une campagne électorale. Boucher était indigné, il lui rappela le cas Furcy.

« Furcy est un homme bien et un homme intelligent, il ne doit pas rester sous le joug de cette famille qui le maltraite. Il faut l'aider... »

Sully-Brunet n'attendit pas la fin de la phrase, il reprit le discours qu'il avait tenu pour sa campagne.

« Certes Furcy est un homme cultivé, il possède des talents. Mais le nègre est habitué à ne pas penser, à ne pas prévoir. Le caractère de l'Africain exporté présente une infériorité si manifeste que de longues années après son arrivée dans nos colonies, il ne se montre sensible qu'aux châtiments corporels et aux passions brutales. À peine articule-t-il quelques monosyllabes pour indiquer ses besoins. Le cafre est le dernier degré de l'espèce humaine. »

Boucher était sidéré. Après quelques mots de courtoisie, il salua Sully-Brunet et s'en alla. Il se dit qu'il était inutile de donner l'adresse de Furcy à Maurice. Il rentra chez lui.

Gilbert Boucher mourut en cette année 1841, à cinquante-neuf ans. L'administration coloniale venait de l'informer qu'il avait remporté son contentieux. Un ordre de 10 000 francs accompagnait le courrier.

Le monde change, les hommes aussi. Quelques années plus tard, Sully-Brunet fut un fervent défenseur de l'abolition de l'esclavage au sein du parti des démocrates. Mais il perdit les élections contre le parti des conservateurs qui voulaient maintenir coûte que coûte l'asservissement.

32

Je suis tombé, presque par hasard, sur le texte le plus important, celui qui me manquait, celui qui mettait un point final au récit de Furcy, celui qui regroupait toutes les informations que je n'avais jusqu'ici trouvées que par bribes. C'était le jugement de la Cour de cassation, il s'était déroulé à la Cour royale de Paris. J'ai longtemps pensé qu'il n'existait pas, qu'il avait été « effacé » comme des milliers de comptes rendus de procès, ou qu'il avait été brûlé lors de l'incendie de la cour d'appel de Saint-Denis. Je ne pensais pas alors que le jugement avait eu lieu à Paris.

Le 7 mai 2008, je me suis rendu à la BNF avec les références [Factum. Furcy (Indien). 1844. Rez-de-jardin. Magasin. 8-FM-1220] comme si je détenais le code d'un coffre-fort. J'étais fébrile. Le dossier était simplement titré « Maître Ed. Thureau en faveur de Furcy ». Dans les archives mises aux enchères à Drouot, je n'avais trouvé nulle trace du jugement final. Sans doute, parce qu'il avait eu lieu à Paris et que Boucher n'était plus de ce monde pour le ranger méticuleusement dans son dossier. Mais je m'interrogeai avant d'y accéder : était-ce un document que j'avais déjà lu ? C'était probable, j'avais vu de nombreux textes qui se recoupaient. Mais le nom de Thureau ne me disait rien. Cela m'intriguait. Pendant l'heure que dura l'attente, je n'arrivais pas à me concentrer ; je pressentais quelque chose. Je consultais l'horloge de mon téléphone portable ; je marchais un peu, en essayant de ne pas trop déranger les chercheurs et étudiants qui travaillaient studieusement. Une jeune femme avait remarqué ma nervosité que je pensais pourtant maîtriser. Elle me sourit gentiment.

Le texte était sous microfilm. Sa première page, avec sa typographie à l'ancienne, m'avait ému. Il datait de 1844.

COUR ROYALE DE PARIS
AUDIENCE SOLENNELLE
RENVOI DE CASSATION
PLAIDOYER DE Me Ed. THUREAU
POUR
LE SIEUR FURCY, INDIEN

Furcy devait avoir cinquante-huit ans. Il vivait alors à l'île Maurice. Jusqu'ici, il avait perdu tous ses procès, mais visiblement pas tout espoir. C'était un homme déterminé. Ainsi, son extraordinaire combat juridique se terminait-il à Paris. Après vingt-sept années d'entêtement. Il était pourtant libre à Maurice.

Grâce à ce document, j'étais sûr d'une chose : Furcy était vivant le 6 mai 1840, et il se trouvait à

Paris au moment de son jugement par la Cour royale (après le renvoi en cassation). Vous ne pouvez pas imaginer mon bonheur quand j'ai lu au milieu du compte rendu du procès cette phrase anodine : « et aujourd'hui, arrivé en France, présent à l'audience... ». Ce n'était que la deuxième fois que je retrouvais une « trace » physique de lui. J'ai pourtant lu et feuilleté plusieurs milliers de pages, dont des centaines de documents officiels. Ses « empreintes » étaient éparpillées un peu partout, dans ces archives mises aux enchères à Drouot, à la BNF, à Aix-en-Provence ; j'en ai retrouvé aussi dans les Annales maritimes.

La plaidoirie était d'une telle densité, elle était tellement fascinante que je la voyais se dérouler devant mes yeux.

Il régnait une atmosphère solennelle dans cette enceinte où la hauteur de plafond obligeait à lever les yeux vers le ciel. Il n'y avait pas grand monde. Étaient présents le comte de Portalis, qui officiait en tant que président, et Boyer, le vice-président. Bérenger servait de rapporteur. Dupin était le procureur général. Godard Desaponay, l'avocat qui avait signé une plaidoirie magistrale lors du procès en appel avait tenu à être présent en tant qu'observateur. C'est lui qui avait maintenu le contact avec Furcy et le conseillait dans ses démarches ; il lui disait toujours : « Faites une copie de votre document officiel, et confiez l'original au notaire. » Il avait aussi tenté de l'aider à se marier. Se trouvaient également Broé Peit, Miller Bryon, Renouard et

Legonidec (le beau-père de Gilbert Boucher qui continuait de suivre l'affaire). Maître Thureau défendait Furcy. Maître Moreau représentait son client, le plaignant Joseph Lory.

Furcy était là, il avait fait le voyage de l'île Maurice grâce aux dons de quelques amis, et à l'argent qu'il avait gagné. Sa main gauche tenait soigneusement un vieux papier : la Déclaration des droits de l'homme et du citoyen.

Le président Portalis était conscient de l'enjeu de ce procès. Il pensait que c'était pour vivre ces moments-là qu'il avait épousé la carrière de magistrat, contre l'avis même de sa famille. Il ne se jugeait pas assez ambitieux pour envisager la diplomatie, car cette activité avec ses mondanités l'aurait empêché de se réfugier tous les soirs dans sa bibliothèque dont il disait, non sans une certaine fierté, qu'elle représentait le monde dans lequel il aimait voyager. Le comte de Portalis se délectait des récits de voyage des autres. Ainsi connaissait-il bien l'île Bourbon et l'île Maurice sans jamais y avoir mis les pieds, il les connaissait à travers les textes de Bernardin de Saint Pierre et de Bory de Saint-Vincent. Il savait qu'un certain Pierre Poivre, agronome de son état, avait apporté là-bas, clandestinement, le clou de girofle et des plants de muscadier, et qu'il était devenu par la suite gouverneur des deux îles. Il avait particulièrement aimé le *Voyage autour du monde* écrit par le navigateur Bougainville. D'ailleurs, Diderot s'en était inspiré pour écrire, en 1773, un dialogue mémorable qui condamnait le colonialisme. C'était en pensant à tout cela qu'il commença par quelques mots simples.

« Messieurs, je voudrais que ce procès de renvoi en cassation se déroule dans le respect mutuel. Chaque partie est bien entendu libre d'avancer ses arguments, mais je serai intolérant avec les paroles blessantes et les coups bas. »

Puis il donna la parole à l'avocat de Joseph Lory, un certain Moreau qui avait une réputation de fin procédurier et d'excellent connaisseur des règlements coloniaux. L'affaire de l'esclave Furcy était sans doute celle qui lui avait causé le plus de soucis, aussi il l'avait soigneusement préparée en tenant compte du contexte politique et des lois existantes. Il attaqua d'emblée, sans transition ni formules de politesse.

« Messieurs, je vois très bien où vous voulez en arriver. Mais je vous demande de respecter le droit. Rien que le droit. Je vous demande de chasser ces idées révolutionnaires de vos esprits. Je sais que des bruits fomentés pas loin de cette auguste assemblée disent que tous les hommes naissent libres et égaux. Mais si vous respectez la loi, Furcy est sans droit à réclamer une liberté qu'il ne tient ni de son état ni de sa disposition, pas plus que de la volonté de feue Mme Routier, sa propriétaire. Les magistrats de la cour d'appel de Bourbon avaient raison de rejeter l'appel de Furcy. Les magistrats de Bourbon ne se sont pas laissé distraire par la terreur abolitionniste. »

L'avocat de Joseph Lory déroula ensuite tous les arguments de la cour d'appel. Cela dura plus de vingt minutes qui semblèrent interminables à cause du ton monocorde volontairement choisi par l'avocat. Sur chaque texte qu'il évoquait pour démolir les arguments de Furcy, il soulignait avec précision la loi de référence et sa date d'application. Pendant l'exposé, Furcy ne marqua pas la moindre émotion.

On croyait que l'avocat en avait terminé avec son accusation qui ressemblait à une défense, c'était sa stratégie, Lory devait apparaître comme la victime. Il resta debout, si bien que l'assistance s'en étonna. Le président attendit quelques secondes, puis il s'adressa à lui :

« Maître, avez-vous quelque chose à ajouter ? »

L'avocat hésita, reprit sa respiration, puis, dans un souffle, il murmura :

« Oui, monsieur le président.

— Maître Moreau, gardez la parole, dit le président.

— Merci monsieur le président. Pour défendre Furcy, ses avocats ainsi que feu le procureur Gilbert Boucher ont invoqué une ordonnance du roi, celle de mars 1739, qui stipule que les Indiens constituent un peuple libre. Or, je me suis longuement plongé dans les règlements, vous le savez, j'aime la précision. »

Il montra alors un ensemble important de feuillets et un épais volume dont on ne distinguait pas le titre. Puis, il affirma, comme si les mots étaient imparables :

« Les Indiens qu'ils désignent sont ceux d'Amérique, pas de l'Indoustan. »

Tous les regards se fixèrent sur l'avocat. Il ne marqua pas un instant de pause, ne voulant pas quitter le fil de sa démonstration.

« L'erreur du demandeur en cassation vient de ce qu'il confond les hommes des Indes proprement dites, c'est-à-dire des Indes orientales, avec les indiens d'Amérique. Chacun sait qu'ils sont connus sous le nom d'Indiens. Lisez l'excellent *Abrégé géographique* et vous comprendrez tout. Ce sont des Indiens d'Amérique dont l'ordonnance a voulu parler, pas du peuple dont est issu le nommé Furcy. La preuve, je vous rappelle que l'esclavage dans les colonies orientales a été reconnu par diverses ordonnances jusqu'en 1792. Madeleine, la mère de Furcy, était donc esclave avant cette date. Son enfant ne peut prétendre à être un homme libre. »

Là, encore, toute l'assistance leva la tête, chacun se demandant si c'était un coup de bluff minable ou une attaque de génie. Le président lui-même resta bouche bée, puis se ressaisit en tirant sur sa robe. « Je vous remercie, maître. Nous allons maintenant écouter maître Thureau, le demandeur en cassation. »

33

C'était au tour de Thureau, il remercia le président. Dès le début de sa plaidoirie, Thureau rappela que Furcy était libre de naissance, et par un concours de circonstances — la mort de sa mère alors qu'il avait trois ans —, on lui avait fait croire qu'il était esclave. C'était l'époque qui voulait ça, on pouvait se retrouver sous le joug d'une famille sans savoir d'où l'on venait. On ne savait d'ailleurs rien, absolument rien, du père de Furcy.

L'avocat expliqua le droit. C'était à peu de choses près les mêmes argumentations que celles qui avaient été données à la Cour royale de Bourbon : la mère de Furcy, étant arrivée en France, devenait libre quelle que soit son origine. Il rappela la remarquable plaidoirie de Godart Desaponay en le regardant — ils avaient préparé le procès ensemble — et martela la maxime : « Nul n'est esclave en France. »

Thureau enchaîna vite en se tenant debout, bien droit, sans chercher d'effet de manche. Sa voix était assurée, la diction fluide. Il dit :

« Ainsi, messieurs, ce que je viens vous demander, c'est la liberté d'un homme ! Ce que je viens invoquer en son nom, ce sont les principes les plus sacrés du droit naturel, les maximes les plus anciennes et les plus glorieuses de notre droit national, les règles inscrites dans notre législation coloniale par la religion et l'humanité ! Ajouterais-je, messieurs, que l'homme dont je défends les droits est bien digne de toutes vos sympathies ? Ce malheureux, qui devait être libre, a passé dans l'esclavage plus de la moitié de sa vie, il a été esclave pendant quarante ans ! Et le jour où il a osé revendiquer sa liberté, il a été jeté dans une prison pour y gémir une année entière ! Après, on l'a exilé de force à Maurice où durant une dizaine d'années, oui une dizaine d'années, on l'a contraint aux travaux forcés. En France, les témoignages d'intérêt ne lui ont pas manqué. Ses droits ont trouvé en monsieur Gilbert Boucher un éloquent défenseur. Il attend avec impatience que vous proclamiez définitivement sa liberté. »

Thureau savait parler. Il sentait le moment où il fallait appuyer, et celui où il fallait se contenter de raconter sur un ton neutre. Il savait jouer avec sa voix, la justice était aussi une question d'intonation.

Ensuite il choisit de parler de la mère de Furcy. Selon sa conviction, c'était par sa mère que tout avait commencé. Il fallait raconter son histoire pour mieux appréhender celle de Furcy.

Moi aussi, j'avais ce sentiment-là. Plus je cherchais Furcy, plus je me tournais vers sa mère. Je comprenais qu'ils avaient vécu exactement la même vie. Le parallèle était impressionnant, presque deux destinées à l'identique. Tous les deux étaient libres sans le savoir et avaient vécu dans la soumission ; tous les deux avaient été trompés ; tous les deux avaient été comme enlevés. Tous les deux avaient vécu dans l'ingénuité, et ce mot qui me paraissait si doux, au début, je commençais à l'avoir en horreur. Comme pour pousser la ressemblance, c'est à l'âge de trente et un ans que Furcy avait décidé de réclamer sa liberté. Cet âge où sa mère fut affranchie, alors qu'elle n'avait pas besoin de l'être.

Le jour où la mère de Furcy avait retrouvé la liberté, elle était restée au service de cette femme nommée Routier. Elle avait continué d'habiter dans la maison de son ancienne exploitante, avec ses enfants, Constance et Furcy. Jusqu'à sa mort. Je n'ai pas compris pourquoi elle n'avait pas quitté cette habitation où elle était une esclave. Je ne peux pas imaginer que les relations de « maître » à esclave aient pu disparaître du jour au lendemain à cause de ce bout de papier et d'un salaire dérisoire qui ne devait pas être versé. C'est sans doute pour cela que Furcy ne pouvait pas se voir comme un être libre. Quand sa mère avait été affranchie, il avait trois ans. Il n'avait jamais été éduqué à la liberté. Comment pouvait-il la revendiquer ? Le rôle des mères est parfois ambigu, celle de Furcy avait élevé son enfant dans le respect de l'asservissement. Ce n'est qu'après la lecture du brouillon de Gilbert Boucher que j'avais vu qu'elle s'était battue, et que j'ai lu cette phrase, aussi cruelle que magnifique : « Elle opposa le silence à l'injustice. »

Dix minutes à peine après avoir commencé sa défense, Thureau pressentit qu'il lui fallait abandonner l'aspect strictement juridique qui n'avait pas convaincu les juges de la cour d'appel. Il fallait politiser l'affaire, il en avait l'intime conviction. C'était le moment. Il changea radicalement de ton. À partir de là, sa plaidoirie prit une tournure extraordinaire.

« Je ne viens pas ici, messieurs, déclamer contre l'esclavage. L'esclavage existe comme fait, comme fait légal même ; mais je puis du moins poser en principe que ce droit de propriété de l'homme sur l'homme, puisqu'il faut encore aujourd'hui l'appeler un droit, est un droit exceptionnel, qui ne peut exister qu'à la condition d'être écrit dans une loi... Toute chose, toute nation, tout homme, est présumé libre, à moins qu'on ne représente son titre de servitude. Or, je demande où est la loi qui a permis l'esclavage et surtout la traite des peuples de l'Indoustan ? »

Thureau jeta un coup d'œil vers Furcy. Il se racla la gorge, ce qui trahissait une émotion. En fait, il doutait de la réussite de sa plaidoirie. À cet instant, dans son esprit, une petite voix intérieure l'interrogeait : « Ne vas-tu pas trop loin ? Ne te trompes-tu pas de combat ? C'est un homme qu'il faut défendre, pas la théorie de l'abolition. » Il doutait vraiment, mais dans le regard de Furcy il lisait un encouragement à continuer dans cette voie-là.

« On crut pouvoir disposer d'un peuple dont les traits, la chevelure, la couleur, les mœurs différaient des nôtres. On sut même intéresser la religion à un attentat qu'elle devait condamner ; et pour repeupler l'Amérique, l'esclavage et la traite des nègres d'Afrique furent décrétés, le fléau de la traite dût-il s'étendre et frapper d'autres races. Voyez les lois qui ont organisé l'esclavage dans nos colonies, elles ne parlent que des nègres d'Afrique ; jamais elles ne supposent même qu'il y ait d'autres esclaves. »

Thureau s'emportait, il levait souvent sa main droite comme pour appuyer sa démonstration.

« Il y a plus, messieurs, dit-il, en montant d'un ton et en prenant de l'assurance. Non seulement la loi manque qui déclare les Indiens esclaves, mais la loi existe qui les déclare libres, c'est l'ordre du roi du 2 mars 1739. Les noirs d'Afrique ne suffisaient plus à l'avidité des négriers. On s'attaquait aux Caraïbes et aux Indiens. Or, l'ordre royal du 2 mars 1739, je le répète, vint réprimer ce criminel abus et proclamer de nouveau le droit de ces peuples à la liberté. Ainsi aucune loi n'a autorisé la traite des Indiens. »

Il poursuivit, sans marquer la moindre pause.

« Vaines théories, dira-t-on, qui viennent se briser contre la puissance des faits ! Avant 1792, l'esclavage des Indiens existait à Bourbon et à Pondichéry, comme il existait, il y a quelques mois encore, dans l'Inde anglaise ; et cet état de choses avait été reconnu à Pondichéry par plusieurs règlements de police. »

L'avocat de Furcy s'arrêta un instant qui parut long à l'assistance. Il regarda la salle, comme s'il cherchait sa phrase. Puis se reprit.

« Il serait ici permis de répondre qu'un fait n'est pas un droit, que des règlements de police ne sont pas des lois, et qu'il faut autre chose qu'un fait et qu'un règlement de police pour constituer un peuple en état d'esclavage. »

Dans les moments de doute, Thureau se tournait vers Furcy, cherchant dans son regard un indice, un signe. Il savait que les mots qui allaient suivre devaient être bien entendus. Il toussota dans son poing, et prononça avec une vigueur qu'il ne se connaissait pas :

« La traite n'a jamais été permise ni même pratiquée sur les côtes de Malabar ; il y eut seulement quelques abus, et des victimes. Parmi ces victimes se trouvait la mère de Furcy ! Jeune encore, elle a été enlevée à sa famille et à sa patrie, exportée en France, réexportée à Bourbon, retenue dans l'esclavage, donnant le jour à des enfants esclaves ! Mais aujourd'hui l'un de ces enfants relève la tête : il s'adresse à vous, messieurs ! Il vous prouve qu'il est indien, qu'aucune loi n'autorisait la traite dont Madeleine a été l'objet, que sa mère était libre de droit, que par conséquent il est libre lui-même ! Rendez-lui donc cette liberté qu'il n'aurait jamais dû perdre ; proclamez son ingénuité ! Vous le devez, car ses titres à la liberté sont incontestables. »

À partir de là, Thureau sembla avoir chassé ses doutes. Par instants, il serrait le poing tenant un objet invisible que pour rien au monde il n'aurait lâché, puis comme pour marquer le temps de la réflexion, il joignait ses deux paumes à la manière d'un homme en train de prier dans l'intimité. Il apostropha l'avocat de Joseph Lory en le défiant du regard.

« Maître Moreau, vous nous demandez de respecter le droit, rien que le droit. Alors respectons-le. Et rappelons à cette cour qui nous regarde la maxime qui fait et qui fera encore l'honneur de notre pays. Les précédents défenseurs l'ont répétée, et je ne voudrais pas manquer à mon devoir en ne la proclamant pas ici. Je voudrais qu'elle soit entendue ici. Messieurs, *Nul n'est esclave en France.* Je veux le dire avec orgueil. Car cette maxime est la base fondamentale de notre droit national. Elle a été inspirée par l'esprit chrétien et par le caractère français. »

L'assistance resta figée, comme électrisée par les paroles de Thureau. L'avocat de Lory le remarqua, il eut le sentiment qu'il allait perdre. Thureau apostropha la salle :

« Alors, quelle conclusion, messieurs ? C'est assez simple, mais beaucoup ont refusé de le voir. Furcy est libre, car sa mère était libre dès qu'elle a touché le sol de la France. Alors pour le maintenir dans la soumission, on va chercher une réglementation établie au XVIIIe siècle à Chandernagor qui aurait déclaré esclave sa mère. Tout d'abord, Furcy vous prouve que sa mère est venue en France, et que par conséquent elle est libre. Vous lui répondez qu'elle n'est pas libre, parce que cette règle n'admettait pas la liberté pour les esclaves qui avaient été déclarés. Mais je vous le demande, même si cette règle pouvait avoir une importance, prouvez-lui donc que sa mère a été déclarée à Chandernagor au moment du départ, et à Lorient au moment de son arrivée. Vous ne le pouvez pas ! Et toutes les circonstances démontrent au contraire que ces déclarations n'ont jamais été faites et qu'elles n'ont jamais pu l'être. Madeleine était amenée en France par une femme âgée qui quittait les Indes sans esprit de retour, qui venait embrasser ici la vie monastique, qui voulait seulement donner à la jeune Indienne une éducation chrétienne, et qui plus tard ne l'a renvoyée que pour être affranchie. Mais, dites-vous encore, et c'est là votre objection dernière, Madeleine n'a pas en France réclamé sa liberté ; elle est retournée aux colonies, elle a accepté l'affranchissement, du moins le croit-on ; elle a donc renoncé au privilège que lui avait conféré son séjour dans la métropole. Je vous comprendrais s'il s'agissait d'un droit privé, mais la liberté est d'ordre public. Je vous comprendrais encore s'il s'agissait d'un droit qui pût se perdre par prescription, mais la liberté est imprescriptible. Le droit de l'esclave qui touche le sol de France ne dépend pas d'une déclaration judiciaire : l'esclave devient libre de plein droit, il devient libre de suite et pour toujours. »

Il s'interrompit un instant, et répéta :

« Il devient libre de suite et pour toujours. »

Dans la salle des hommes se levèrent et applaudirent. Une partie resta assise, marquant son mécontentement.

Le président se leva, il décida de suspendre la séance.

34

« Le calme est nécessaire à la poursuite des débats, je vous en remercie », dit le président avant de reprendre la séance et de donner la parole à Thureau.

Pour poursuivre son discours, l'avocat cita d'autres esclaves qui avaient essayé de devenir libres par la justice et avaient remporté leur procès ; il s'agissait de Roc, de Louis, de Francisque, de Boucaux, tous d'origine africaine. Il cita également un arrêt qui aurait marqué son époque en 1752, un procès intitulé la « table de marbre » qui déclarait libre un certain « nègre Louis », avec l'appui de la maxime que tout esclave entrant en France devenait libre. Il le répéta, deux fois : « Tout esclave entrant en France devient libre de plein droit... Il devient libre de suite et pour toujours. »

Thureau s'appuyait sur de nombreux cas qui, rassemblés, formaient une sorte de jurisprudence. Était-ce une manière de dire à la cour qu'elle n'avait pas à avoir peur de donner la liberté à Furcy, que ce ne serait pas une première ni un acte révolutionnaire ? Au contraire, leur suggérait-il, l'affaire Furcy s'inscrivait presque dans une suite logique qui devait aboutir à déclarer l'esclave définitivement libre. La stratégie de l'avocat se révélait astucieuse et remarquable, il avait compris qu'il devait aussi rassurer tous les hommes de loi de la Cour royale de Paris. Mieux, il leur donnait le sentiment qu'ils participaient à un mouvement historique, et leur nom, à chacun, resterait dans les annales de la justice.

Dans sa plaidoirie, l'avocat usait, de temps en temps, du latin comme s'il voulait inscrire dans l'éternité les textes qu'il citait. Parfois même il recourait à l'anglais, ce qui est étonnant. En tout cas, il continuait presque sans respirer. Il ne regardait plus personne, emporté par ses paroles. Sa méthode consistait à répéter beaucoup, à interroger souvent.

« On le voit, aucune restriction de temps ni de lieu ! L'esclave n'est pas libre momentanément, tant qu'il reste en France ; il devient libre de plein droit et pour toujours. On veut qu'il perde sa liberté en le renvoyant dans la colonie ? Mais est-ce que la loi personnelle ne suit pas la personne partout où elle va ? Si Madeleine eût en France obtenu un arrêt qui la déclarât libre, est-ce que, libre à Paris, elle eût été esclave à Bourbon ? Est-ce que l'autorité de l'arrêt eût été brisée par la loi coloniale ? »

Thureau ne perdait pas le fil, il passait des principes universels au cas particulier de Furcy et de sa mère. Il marqua un silence avant d'attaquer à nouveau.

« Madeleine est donc devenue libre en 1771 car, à cette époque, elle a touché notre sol ; puisque ni son silence ni son retour aux colonies n'ont pu lui enlever un droit imprescriptible, il importe peu que Madeleine n'ait même pas pu réclamer sa liberté. Son silence ne peut nuire ni à elle-même, ni surtout nuire à ses enfants. Vous lui appliquerez donc, messieurs, cette glorieuse maxime qui a traversé les siècles, à l'honneur du nom français : vous proclamerez que la France n'a jamais cessé d'être un asile, un refuge ouvert à tous les malheurs. »

Furcy était assis, mais il ne quittait pas des yeux l'homme qui le défendait. Il ne pouvait s'empêcher de penser qu'il avait de la chance, et il se demandait s'il était digne de toutes ces personnes qui s'unissaient autour de son sort. Il s'est alors juré qu'il irait jusqu'au bout. Pour ces hommes-là.

De son côté, l'avocat réussissait à donner à son plaidoyer un ton politique, sans jamais perdre de vue les règles juridiques. Il s'animait, mais il maîtrisait son affaire, et tentait de contrecarrer chaque argument avancé par l'accusation. Il n'hésitait pas à recourir à des textes pointus.

« D'autres principes, non moins puissants, s'élèvent encore en faveur de Furcy et doivent le faire déclarer libre. M. Joseph Lory se prétend propriétaire de Furcy : son titre est la donation verbale qui lui en aurait été faite par la demoiselle Dispense en 1773 ; mais cette donation aurait été faite en France. Or, en France, toute aliénation d'esclaves était prohibée. La donation est donc nulle : M. Lory n'a contre Furcy aucun titre valable. Notre patrie, messieurs, n'a jamais voulu être souillée du spectacle odieux de l'homme vendu par l'homme comme une marchandise. La prohibition de cet infâme trafic a toujours été absolue. Alors, je vous le dis, la conclusion va de soi : l'esclave donné en France ne peut appartenir au donataire : M. Lory n'a donc jamais eu aucun droit sur la mère de Furcy. »

Thureau ajouta que les enfants de la mère à laquelle la liberté avait été léguée ou donnée naissent libres. Il ne laissa de côté aucune réglementation pouvant servir Furcy. En s'appuyant sur un arrêté pris par le général Decaen, ancien gouverneur de l'île de France et de Bourbon, avant l'affranchissement de Madeleine, il dit : « Les enfants au-dessous de l'âge de sept ans, nés d'une esclave qui obtiendra son affranchissement, suivront le sort de leur mère. C'était un principe salutaire qui empêchait que le mari, sa femme et leurs enfants impubères ne puissent être vendus et saisis séparément. »

L'avocat de Furcy n'avait pas oublié le coup de Moreau et son envolée sur le fait que la liberté ne concernait que les Indiens d'Amérique. Il ne tomba pas dans le piège, il prit l'argument de son adversaire au sérieux et ne voulut pas jouer l'ironie. Thureau resta sur le registre juridique, presque technique.

« Maître Moreau veut donc limiter les effets de cette liberté non pas à tous les Indiens, mais à ceux seulement qui se trouvaient sur le territoire américain ? Je vous le dis, cette limitation ne ressort pas de l'ordre royal. »

Pour appuyer ses dires, l'avocat cita un ensemble de textes.

Maître Moreau ne cessait pas de hocher la tête comme pour prendre à témoin les autres et leur signifier que Thureau allait un peu trop vite, un peu trop loin. L'avocat de Furcy avait remarqué ce manège, mais il ne s'était pas laissé déconcentrer dans ce défi à coups de petits gestes. Il fixa du regard Moreau et enchaîna.

« Encore un mot, messieurs, et j'en ai terminé. La faveur qui s'attachait à la cause de Furcy devant la Cour était grande et devait l'être. On a voulu l'affaiblir, l'anéantir même, en l'accusant d'être l'instrument d'un parti anticolonial et de n'avoir aucun intérêt réel au procès. On l'a représenté comme le missionnaire d'un parti qui veut la ruine des colonies. Qu'a-t-il donc fait pour cette ruine ? Non ! Il n'est ici que pour lui-même. Les marques d'intérêt qu'il a reçues du trône le prouvent assez, et j'en suis, moi son défenseur, la meilleure preuve. Si l'on eût voulu donner à cette cause du retentissement, de l'éclat, est-ce à moi qu'on se fût adressé ? Mon cher collègue n'eût-il pas rencontré un adversaire plus digne de lui ? »

Thureau continua en rappelant que Furcy, émancipé par les autorités britanniques, était là parce qu'il désirait la liberté absolue, la liberté accordée par la loi de la France. Il le faisait pour lui, bien sûr, mais aussi pour ses enfants, pour accéder aux droits et aux devoirs des hommes libres, aux cérémonies de mariage, à la sépulture. L'avocat trouva de superbes mots pour dire tout cela, il affirma que l'esclave voulait « effacer la tache imprimée à sa naissance ».

Il se permit cette conclusion :

« Oui, Furcy n'est là que pour lui-même, mais si les grands principes qu'il invoque pouvaient profiter à quelques-uns de ses compagnons d'esclavage ; que si votre arrêt pouvait briser encore d'autres chaînes, pourquoi le cacherais-je ?, j'en serais heureux, j'en serais fier. Vous-mêmes, messieurs, vous seriez les premiers à vous en féliciter. La religion et l'humanité s'en féliciteraient avec vous. Je vous remercie. »

Il n'avait pas fini de prononcer ces derniers mots que toute la salle se leva comme un seul homme et se mit à applaudir à nouveau, plus fort que tout à l'heure, avant la suspension. Furcy se leva également et regarda longuement Thureau. Il n'applaudissait pas, mais ses yeux fixaient ceux de son avocat. Il y avait plus que de la reconnaissance, un sentiment de fraternité.

35

Le président Portalis arriva le dernier, quand tous les autres étaient déjà assis. Ils se levèrent. Il fit un signe de tête presque amical leur indiquant qu'ils pouvaient se rasseoir. Lui resta debout. Il attendit quelques secondes, il y eut un grand silence. Furcy l'observait.

« Messieurs, a annoncé le président, qui s'étonnait lui-même du ton de sa voix qui lui semblait trop solennel. Je tiens tout d'abord à remercier monsieur le procureur, messieurs les avocats pour la haute tenue de ces débats qui honorent la justice de notre pays. »

Puis, il lut, d'un ton monocorde, cette fois, une feuille qu'il tenait d'une main légèrement tremblante.

« La Cour, statuant par suite du renvoi prononcé par la Cour de cassation, considérant que c'était une maxime de droit public que tout esclave qui touchait le sol français devenait libre ; que, si des édits en vigueur à cette époque, relatifs à l'esclavage dans les colonies, permettaient aux maîtres qui amenaient leurs esclaves en France, d'en conserver la propriété, ce n'était qu'à la charge de remplir les formalités prescrites par les ordonnances. »

On ne comprenait pas où il voulait en venir, allait-il déclarer Furcy libre ou coupable ? Son ton ne trahissait rien. Il s'arrêta une seconde, comme s'il cherchait sa respiration, surpris de ne pas pouvoir maîtriser son émotion. Il continua, sur un ton à peine différent du début. Il prononçait chaque phrase en la martelant avec la main pour marquer sa fin, ce qui donnait un rythme assez surréaliste à son discours, on aurait dit qu'il priait ou qu'il déclamait.

« Considérant qu'il y a dans la cause des présomptions suffisantes pour établir que la fille Dispense n'a pas rempli ces formalités.

« Qu'en effet, la fille Dispense avait amené Madeleine en France dans l'intention de la faire élever dans la religion catholique.

« Qu'on peut d'autant moins admettre la volonté de la fille Dispense de maintenir Madeleine en esclavage et de remplir les formalités coûteuses imposées par les règlements que, peu de temps après son arrivée en France, elle en a fait donation à la dame Routier à charge par elle de lui procurer son affranchissement. »

Puis, s'interrompant plus longuement, le président Portalis posa sa feuille. Il leva les yeux vers la salle, et il affirma d'une voix sûre qui ne prêtait à aucune équivoque :

« Sur la base de toutes ces considérations... La Cour dit que Furcy est né en état de liberté. »

C'était un samedi après-midi, le 23 décembre 1843.

Après le verdict, Furcy refusa les 10 000 francs de dommages et intérêts que le jugement lui octroyait.

36

J'aurais voulu que Furcy assistât à cette scène mais était-il encore vivant à cette date-là, à soixante-deux ans? C'est le jour où Sarda-Garriga, le commissaire général de la République, vint annoncer aux Bourbonnais, l'abolition de l'esclavage. C'était un mercredi matin, le 20 décembre 1848, il y avait des milliers d'esclaves à Saint-Denis, sur la place du Gouvernement qui se trouvait à quelques mètres du bord de la mer. C'était un jour de fête, et en même temps l'heure était grave.

Il y en avait qui exultaient, d'autres dansaient la shéga, cette danse des esclaves; les gosses sautillaient sans bien comprendre. On voyait quelques gardes à cheval qui semblaient plutôt tranquilles, l'ambiance était bon enfant. Il y avait aussi quelques colons qui s'étaient mis à l'écart. Le ciel était dégagé.

J'imagine que Furcy se serait tenu en retrait de la foule, loin de la liesse qui accompagnait la venue de Sarda-Garriga. Je ne crois pas qu'il aurait été heureux, mais il aurait enfin ressenti une sorte de soulagement. Plus aucun esclave n'aurait à se battre comme il l'avait fait, lui. Plus aucun esclave n'aurait à sacrifier sa vie dans une bataille judiciaire. Plus aucun esclave n'aurait à fuir, ou à se donner la mort. Ce soulagement aurait été accompagné d'une impression de gâchis, car tout aurait pu arriver bien plus tôt. Après la fête qu'il aurait davantage observée que vécue, il aurait eu envie de voir Célérine, et l'idée lui serait venue que l'on peut priver un homme de liberté, mais pas d'amour et encore moins du sentiment amoureux.

Sarda-Garriga arborait l'écharpe tricolore. On voyait bien qu'il avait le sentiment d'annoncer un événement historique. Il feignait l'humilité, mais son visage ne pouvait s'empêcher d'afficher de la fierté. Il y avait comme une part de comédie, et en même temps quelque chose de touchant dans son regard, il était visiblement heureux d'être le messager de l'abolition de l'esclavage, de représenter Victor Schœlcher, de donner du bonheur aux gens. Il se sentait en mission, et avait à cœur de réussir la « transition ». D'autres îles avaient vu le sang couler, il voulait éviter ça.

De sa main droite légèrement baissée il tenait l'annonce. Sarda se trouvait à un mètre de la foule, il n'y avait que des noirs autour de lui. Il portait un costume de cérémonie, une sorte de redingote, une chemise blanche avec un nœud papillon. Cet habit sombre était une faute de goût. À Bourbon, les hommes importants portaient des vêtements colorés. Des noirs en souriaient et, à cause de cela, doutaient de la crédibilité du nouveau commissaire général de la République. Son vrai nom était Joseph Napoléon Sébastien Sarda, et il se faisait appeler Sarda-Garriga. D'après les rumeurs, il tenait cet étonnant prénom du fait qu'il aurait été le fils naturel de Joseph Bonaparte, roi de Naples, puis roi d'Espagne sous le premier Empire — une rumeur infondée.

Arrivé deux mois avant la proclamation, il avait mis en place un système de transition qui permettait aux esclaves devenus libres de signer un vrai contrat de travail avec des propriétaires — le plus souvent avec leurs anciens maîtres.

Sur la place du Gouvernement, on avait installé un petit monument sur lequel trônait le buste de Marianne. Sarda-Garriga se trouvait juste devant. Derrière lui, on pouvait lire une plaque où figurait le mot « Liberté ». Le peintre Garreau a immortalisé la scène avec un tableau où l'on voit que tous les noirs qui assistent à la déclaration de l'abolition de l'esclavage portent beau. Une femme assise devant Sarda tient son bébé endormi, elle regarde sereinement le nouveau commissaire général avec les yeux de l'affection.

Ainsi Sarda lut cette déclaration qui serait affichée dans toutes les villes de Bourbon.

Mes amis.

Les décrets de la République française sont exécutés : Vous êtes libres. Tous égaux devant la loi, vous n'avez autour de vous que des frères.

La liberté, vous le savez, vous impose des obligations. Soyez dignes d'elle, en montrant à la France et au monde qu'elle est inséparable de l'ordre et du travail.

Jusqu'ici, mes amis, vous avez suivi mes conseils, je vous en remercie. Vous me prouverez que vous m'aimez en remplissant les devoirs que la Société impose aux hommes libres.

Ils seront doux et faciles pour vous. Rendre à Dieu ce qui lui appartient, travailler en bons ouvriers comme vos frères de France, pour élever vos familles ; voilà ce que la République vous demande.

Vous avez tous pris des engagements dans le travail : commencez-en dès aujourd'hui la loyale exécution.

Un homme libre n'a que sa parole, et les promesses reçues par les magistrats sont sacrées.

Vous avez vous-mêmes librement choisi les propriétaires auxquels vous avez loué votre travail : vous devez donc vous rendre avec joie sur les habitations que vos bras sont destinés à féconder et où vous recevrez la juste rémunération de vos peines.

Je vous l'ai déjà dit, mes amis, la Colonie est pauvre, beaucoup de propriétaires ne pourront peut-être payer le salaire convenu qu'après la récolte. Vous attendrez ce moment avec patience. Vous prouverez ainsi que le sentiment de fraternité recommandé par la République à ses enfants, est dans vos cœurs.

Je vous ai trouvés bons et obéissants, je compte sur vous. J'espère donc que vous me donnerez peu d'occasions d'exercer ma sévérité ; car je la réserve aux méchants, aux paresseux, aux vagabonds et à

ceux qui, après avoir entendu mes paroles, se lais-
seraient encore égarer par de mauvais conseils.

Mes amis, travaillons tous ensemble à la prospérité de notre Colonie. Le travail de la terre n'est
plus un signe de servitude depuis que vous êtes
appelés à prendre votre part des biens qu'elle
prodigue à ceux qui la cultivent.

Propriétaires et travailleurs ne feront plus désormais qu'une seule famille dont tous les membres
doivent s'entraider. Tous libres, frères et égaux,
leur union peut seule faire leur bonheur.

La République, mes amis, a voulu faire le vôtre
en vous donnant la liberté. Qu'elle puisse dire que
vous avez compris sa généreuse pensée, en vous
rendant dignes des bienfaits que la liberté procure.

Vous m'appelez votre père ; et je vous aime
comme mes enfants ; vous écouterez mes conseils :
reconnaissance éternelle à la République française
qui vous a fait libres ! Et que votre devise soit toujours Dieu, la France et le Travail.

Vive la République !

Ce texte, Sarda Garriga l'avait réécrit une dizaine
de fois, il l'avait lu pour lui-même. Il avait beaucoup répété face à un miroir. Il en était fier, et pensait qu'un jour, peut-être, il aurait à le prononcer
devant l'assemblée, comme l'abbé Grégoire ou
Victor Schœlcher l'avaient fait avant lui.

37

Furcy passa à côté de l'affiche du discours de Sarda, et la lut entièrement. Certains passages le faisaient sourire, il doutait de la fraternité des propriétaires.

À deux mètres de l'affiche, on avait oublié de retirer une petite annonce, vestige d'un passé très présent. Furcy put y lire, rédigé en caractère gras :

À VENDRE
ESCLAVE AVEC SA FAMILLE
Le sieur MARTIN vend un Malabar robuste
pouvant servir à l'habitation, un noir
de Mozambique, trentaine d'années, solide,
excellent travailleur dans les
plantations, et son fils de 14 ans environ
jouissant d'une bonne santé et propre,
un beau Cafre provenant d'une succession.
Le sieur MARTIN accordera des facilités
aux personnes solvables.

Sarda-Garriga était arrivé à Bourbon deux mois avant sa déclaration sur la place du Gouvernement. Le bateau pouvait accoster dans l'après-midi du vendredi 13 octobre 1848 mais, par superstition, il n'avait souhaité mettre les pieds à terre qu'au petit matin du 14 octobre. Avant même de débarquer, on avait tenté de le déstabiliser. Quelques-uns avaient lancé la rumeur selon laquelle le bateau *L'Oise* sur lequel il se trouvait avait coulé.

Les colons s'étaient organisés pour trouver des parades juridiques afin d'éviter l'abolition dans l'île. Des noirs libres s'étaient joints aux propriétaires blancs, car eux aussi refusaient de voir les esclaves s'affranchir; c'est ainsi, d'anciens asservis s'opposaient à l'abolition. Ils avaient organisé un « conseil colonial », dans le but de faire de Bourbon un État à part, un pays souverain où ne régnerait pas l'émancipation, une île indépendante où il ferait bon vivre l'esclavage... Ils avaient réussi leur coup en 1802, pourquoi pas une nouvelle fois? Sarda leur montra un document émanant du roi. Et, étrangement, comme si un tampon suffisait, le calme était revenu. En contrepartie, de nombreux planteurs étaient allés lui demander d'attendre la fin de la récolte et les derniers jours d'avril; c'est sans doute pour cela que le décret d'abolition n'avait été promulgué que le 27 avril 1849.

Quant aux 60 000 esclaves, ils étaient apparemment plus sereins. Au début en tout cas. Mais au bout de quelques jours, l'inquiétude était montée. Trop de rumeurs couraient. À Saint-Leu, à Saint-Louis, à Saint-Pierre aussi, on parlait de tentatives d'assassinat qui visaient Sarda-Garriga. Du coup, à chacune de ses arrivées, le commissaire général était escorté d'une dizaine de noirs munis de bâtons pour le protéger.

Le nouveau commissaire entreprit un titanesque travail d'information auprès de la population asservie. Sa méthode, pour éviter un bain de sang, était de faire en sorte que les esclaves continuent à travailler pour ne pas mettre l'île en faillite. En même temps que la déclaration de l'abolition, il avait annoncé l'obligation de travailler pour toute la population affranchie. Sarda avait mis en place un « Livret de travail ». On peut penser ce que l'on veut, mais assurément cette initiative a évité une guerre civile. Il réussit à rassurer les (anciens) esclavagistes en affirmant que le travail allait continuer et qu'ils seraient indemnisés. Et pour ne pas les effrayer, on avait bien insisté : « Les fortunes ne seraient pas bouleversées. » Les noirs avaient confiance en Sarda.

Pour expliquer ses intentions, Sarda-Garriga avait fait la tournée de l'île. Dans chaque ville, des foules extraordinaires saluaient son arrivée. Il avait commencé par Saint-Denis, puis avait rejoint, par l'ouest de l'île, Saint-Paul, Saint-Joseph, Saint-Leu... Chaque fois, il se posait sur la place principale et, tel un prêcheur, il débitait son discours. Son émotion et sa sincérité ne le quittèrent jamais.

Son discours est paternaliste, c'en est parfois gênant. Comme ce qu'il disait à tout bout de champ, dès le début : « Écoutez donc ma voix, mes conseils, moi qui ai reçu la mission de vous initier à la liberté... Si, devenus libres, vous restez au travail, je vous aimerai; la France vous protégera. Si vous désertez, je vous retirerai mon affection; la France vous abandonnera comme de mauvais enfants. »

Quartier par quartier, Sarda expliqua son système et répondit à chaque interrogation, à des questions pratiques que je n'ai jamais vues dans aucun manuel historique : Quand quitter son maître? Où habiter? Où dormir? Comment se marier? Comment adopter un nom? Toutes ces questions que l'on ne se pose pas quand on naît libre et que l'on possède une identité.

Certains propriétaires avaient voulu tenir leurs esclaves dans l'ignorance de la nouvelle loi. Si le gouverneur n'avait pas fait ce travail de terrain, qui les aurait informés? Il était paternaliste, c'est vrai. De nombreux noirs l'appelaient « Papa Sarda ».

À Saint-Pierre, une foule composée d'au moins 200 personnes s'était rendue sur la place du village pour signer des engagements contractuels avec leur ancienne habitation : ils passaient de l'état d'esclave au statut de travailleur. Était-ce discutable? Sûrement. On dit que Sarda avait fait le jeu des colons. Peut-être était-ce une transition nécessaire? On s'était aussi occupé des vieilles personnes, des infirmes et des orphelins.

À Saint-Benoît, 2 000 noirs s'étaient assemblés sur la place de l'Église. On n'avait jamais vu ça.

38

Sarda-Garriga avait vu Joseph Lory. Le 7 décembre 1848, Sarda se trouvait à nouveau à Saint-Denis, il s'était rendu dans la belle chapelle de la Rivière-des-Pluies. Et, si incroyable que cela puisse paraître, il était allé chez Joseph Lory dont la table, décidément, était réputée. Sarda savait-il que l'homme chez lequel il se rendait était l'acteur principal du plus important procès de l'île, « l'affaire de l'esclave Furcy » ? Je crois qu'il devait penser à autre chose.

« Partout, les noirs avaient besoin d'entendre de ma bouche quelles étaient les obligations que leur imposait la liberté », écrirait, plus tard, le gouverneur de la République. Il affirmerait être heureux d'avoir réussi à négocier de très bas salaires. Il serait également heureux de voir qu'aucun groupe de noirs n'avait songé à exiger une rémunération plus importante. Fallait-il que la main-d'œuvre restât bon marché pour ne pas brusquer les esclavagistes ?

Par moments, Sarda se montrait vraiment aga-

çant, notamment lorsqu'il jouait au père fouettard :
« Je ne suis pas content de vous. Est-ce ainsi que
vous comprenez la liberté ? Je vous l'ai dit : sans le
travail, elle ferait votre malheur. Heureusement que
je suis là pour récompenser les travailleurs et pour
punir les paresseux. »

Ce fut une tournée triomphale, tout de même.
Pour un homme comme lui, qui possédait l'esprit
de service public chevillé au corps, le sentiment du
travail bien fait le remplissait d'une immense joie.
Secrètement, il rêvait d'une reconnaissance, peut-
être même d'une certaine gloire. Il y aspirait sans
en parler à personne, il se disait que son nom figu-
rerait dans les livres d'histoire. C'étaient toutes ces
pensées qui s'emmêlaient dans son esprit quand la
lettre du ministre lui parvint. Son heure arrivait
enfin, espérait-il. La correspondance commençait
par des félicitations. Elle disait : « Monsieur le
commissaire général, le gouvernement a jugé que
le moment était venu de mettre un terme à la mission dont vous avez été chargé à l'île de la Réunion,
mission dont la situation de la colonie atteste
d'ailleurs que vous vous êtes acquitté avec un
dévouement et un succès que je me plais à reconnaître. » J'imagine qu'à la lecture de ces mots, le
cœur de Sarda se gonfla de fierté, il a dû penser
« Enfin ! Mon heure est arrivée. »
Mais elle se poursuivait par un terrible coup de
bâton. On lui signifiait qu'un autre fonctionnaire,
un capitaine de vaisseau à la retraite, allait prendre
sa place, sans explication. Pour ajouter à l'humilia-

tion, le gouvernement lui demandait de rentrer vite par le premier bâtiment de commerce. On ne lui proposait aucun autre poste, on ne lui offrait aucune compensation. Jamais il ne s'en relèverait.

Sarda-Garriga mourut dans la misère, oublié de tous. Près d'un siècle plus tard sa tombe serait retrouvée dans un village de province.

Le 20 décembre 1945, la mairie donna son nom à une toute petite place de Saint-Denis, non loin du lieu qui servait de place du Gouvernement.

39

Les hommes ne naissent pas libres. Ils le deviennent. C'est ce que m'a appris Furcy. Quand j'ai entendu parler des archives nommées « L'affaire de l'esclave Furcy », je me suis dit que tout le monde allait se précipiter sur ce destin extraordinaire. Vous pensez, l'un des rares esclaves à avoir porté plainte en justice, et la procédure la plus longue : elle a duré vingt-sept années et s'est terminée cinq ans avant l'abolition. Je ne suis pas historien, et je sais que ma démarche est contraire à toute recherche historique : j'observe un moment particulier du début du XIXe siècle avec mes lunettes d'aujourd'hui. Mais à ma connaissance, il n'y a pas pléthore de documents d'un esclave qui a osé se rendre au tribunal, à être allé jusqu'à la Cour de cassation.

Vingt-sept années de procédures, un nom, des hommes qui l'ont soutenu — des Justes —, d'autres qui l'ont maltraité, emprisonné... Des documents précieux, des lettres signées par un esclave... J'étais surpris que personne ne s'y soit véritablement intéressé. Six mois après Drouot, les textes dormaient encore dans un bureau parisien au milieu de bibelots sans intérêt, en attendant leur expédition aux Archives départementales de la Réunion. Quatre ans après, ils n'étaient toujours pas classés.

Alors, j'ai voulu rendre un peu justice à Furcy et lui donner corps, si possible. J'ai pensé à ces mots de Jorge Semprun, prononcés à propos de la littérature de déportation, il affirmait : « Sans la fiction, le souvenir périt. » J'ai pensé aussi à un roman de Patrick Modiano qui m'a beaucoup marqué, et que je relis souvent, *Dora Bruder,* dans cette histoire où l'écrivain part à la recherche d'une jeune juive disparue en 1941, il dit : « Il faut beaucoup de temps pour que resurgisse à la lumière quelque chose qui a été effacé. » Il a mis plus de quatre ans à retrouver la date de naissance de la fille, le 25 février 1926, à Paris. Je me suis dit, voilà, c'est par le roman que Furcy va exister. Je me suis approché doucement de lui, à l'affût de la moindre trace qu'il aurait pu laisser, m'usant les yeux sur des textes à l'écriture illisible datant de près de deux siècles. J'ai essayé de retrouver les lieux où il avait mis les pieds, et je m'y suis rendu. J'ai passé des centaines d'heures à fouiller, et à fouiller encore. Des centaines d'heures à lire des archives pour m'intéresser à deux ou trois lignes qui l'auraient concerné. J'ai imaginé ce que Furcy aurait pu faire, ce qu'il avait pensé. Je crois qu'à force de m'approcher de lui, de passer du temps en sa compagnie, j'avais l'impression d'entendre sa voix intérieure. D'être tout proche de lui. Quand j'ai découvert ses sept lettres, ça peut paraître naïf mais j'ai été saisi d'émotion, fini le silence, il me parlait directement. Il vous parlait directement. Il parlait, enfin.

Les informations que j'ai pu rassembler se trouvaient de façon parcellaire dans les différents documents, certains étaient difficiles à lire, d'autres pratiquement impossibles à dénicher ; j'ai mis trois ans à découvrir le jugement de la Cour de cassation qui scellait le sort de Furcy : il n'était pas dans les archives mises aux enchères. Furcy a beau s'être rendu au tribunal d'instance, puis à la cour d'appel et, enfin, à la Cour de cassation (après le renvoi), on ne sait presque rien de lui. Ce n'est pas comme une fiche d'identité qui aurait pu être recoupée par un greffier ou un magistrat. Il n'y en avait pas, personne n'a songé à le faire.

J'ai lu de nombreux comptes rendus de procès, datant du début du XIXe siècle, et même avant. On trouve beaucoup plus d'informations sur un accusé ou un plaignant dans un simple jugement. Pour peu qu'il ne soit pas esclave, on connaît tout de lui, son identité dans les moindres détails. Quant à Furcy, j'ai longuement cherché avant de trouver sa date et son lieu de naissance — et, encore, il n'est écrit nulle part qu'il est né à Saint-Denis, on a dérobé ses papiers. Si en 1817, il a trente et un ans, je suppose qu'il a vu le jour en 1786, j'ai recoupé avec d'autres informations sur d'autres documents, cela correspond ; sa mère avait alors vingt-sept ans. C'est extraordinaire le temps qu'il m'a fallu pour regrouper tous ces renseignements. D'habitude, quand on veut mieux saisir le caractère d'un homme, on remonte à son enfance comme si ses premiers actes pouvaient révéler sa vie d'adulte. Pour Furcy, je ne connais rien de son enfance, rien sur son père et si peu de chose sur sa mère.

En revanche, concernant Mme Desbassayns, par exemple, née le 3 juillet 1755, on sait tout de ses neuf enfants, leur lieu et leur date de naissance, leurs multiples prénoms, on sait même qu'elle a donné naissance à des enfants mort-nés, que trois autres, nommés, n'ont pas atteint leur deuxième mois d'existence. S'agissant de Constance, née un quart de siècle après Mme Desbassayns, on ne sait rien de ses enfants. Rien.

J'étais, aussi, non pas surpris, mais curieux de l'existence d'une rue Desbassayns, à Saint-Denis. C'est une rue assez longue, et plutôt agréable. J'ai voulu savoir s'il existait une rue dédiée à un esclave. La réponse a été instantanée : non ! Il n'y a que depuis la fin des années 1980 qu'on a commencé à songer à donner à des rues un nom d'esclave, des rues qui se trouvent dans des quartiers modestes.

Il existe un îlet du nom de Furcy, une minuscule île dans les montagnes sur la route de Cilaos. J'y suis allé en pensant que, peut-être, c'était un lieu dédié à Furcy, une sorte d'hommage... On ne sait rien de ce village inaccessible, il est relié au monde par un tout petit pont qui n'admet qu'un seul véhicule à la fois. Il n'y a pas de maire, l'îlet dépend administrativement de la commune de Saint-Louis située à une trentaine de kilomètres. Je m'y suis rendu. Personne, ni guide touristique ni service culturel n'a été en mesure de m'expliquer la provenance du nom, s'il existait un lien avec « L'affaire de l'esclave Furcy ». Rien.

D'ailleurs, je ne pense pas que ce village hors du monde lui soit dédié. On m'a parlé d'un autre Furcy, qui aurait dénoncé une révolte et permis de la mater. Or, comme l'îlet à Cordes (encore plus inaccessible, puisque on ne pouvait s'y rendre que muni de cordes), les esclavagistes offraient ces terres arides ou sans intérêt aux esclaves qui les avaient aidés à tuer dans l'œuf toute rébellion.

40

Il y a sans doute des erreurs dans mon récit et par ailleurs j'ai pris quelques libertés avec les procédures, raccourcissant certaines étapes judiciaires, par exemple en n'évoquant pas les procès du renvoi à la Cour de cassation ; les documents eux-mêmes contenaient des dates différentes et les faits ne se recoupaient pas toujours. Il y a sans doute des anachronismes. Toutefois j'ai essayé d'être au plus près d'une vérité, et j'ai cherché à comprendre comment un homme avait tenté de s'affranchir. À force de « vivre » avec Furcy, j'ai épousé sa cause, je me suis mis de son côté, j'ai vécu ses défaites. Sa victoire, aussi, si tardive soit-elle. J'ai surtout été attiré par cet homme, son combat. J'ai admiré sa détermination, son obstination, sa patience. J'ai eu le sentiment irrationnel que c'était lui qui m'avait appelé pour le tirer du silence.

En revisitant son histoire, j'ai compris tout ce qu'il avait pu apporter. Par la voie judiciaire, il avait brisé plus de chaînes que s'il avait fui ou mené une révolte. Grâce à lui j'ai su que c'est le souci de l'autre qui fait avancer le monde. Je suis intimement convaincu que Furcy a choisi d'aller au bout de sa démarche car il était conscient que son cas dépassait sa personne. Il a agi pour les autres, Boucher, Sully-Brunet, Godart Desaponay, Thureau, sa sœur, sa mère, et tous les abolitionnistes ; tous ces hommes ont, eux aussi, agi pour les autres, ils l'ont fait souvent au détriment d'eux-mêmes, de leur famille, de leur carrière... Dans « L'affaire de l'esclave Furcy », il y a des Justes, Gilbert Boucher, bien sûr, Sully-Brunet, Desaponay et beaucoup d'autres, notamment ces avocats qui ont pris d'énormes risques et ont signé des plaidoiries qui méritent de figurer dans les manuels scolaires. Sans eux, le procès n'aurait jamais abouti, il n'aurait pas même commencé. Sans eux, Furcy serait encore dans les souterrains de l'Histoire, enfermé dans le silence.

Je ne veux pas juger assis dans mon fauteuil, je suis admiratif des gens comme Gilbert Boucher qui ont eu le courage de dépasser leur époque et de penser au-delà. Je n'ai pas à calomnier les personnes comme Desbassayns de Richemont ou Joseph Lory, ils étaient ancrés dans leur temps, et défendaient leurs intérêts. Qu'aurais-je fait à leur place ? Sans doute rien de mieux, ou de pire. D'ailleurs, j'ai hésité, fallait-il conserver les noms réels de mes « personnages », ou les dissimuler sous une identité fictive ? Après tout, ai-je le droit d'exposer des patronymes dont les descendants directs vivent encore ? Et moi ? Dans ma généalogie, il a pu exister des négriers, des trafiquants d'esclaves, des profiteurs d'un système ignoble : les Arabes et les musulmans ont été parmi les pires esclavagistes, pourquoi ne me suis-je pas engagé dans cette voie? Car, dans cette histoire-là, dans mon histoire, il y a des silences aussi. De grands silences.

Sommes-nous responsables de nos pères? En mal. Ou en bien.

J'ai longtemps fui cette question : pourquoi cette histoire de l'esclave Furcy a-t-elle résonné si fort en moi, et résonne-t-elle encore? Où faut-il aller chercher les clés pour comprendre? Je n'ai pas le début d'une réponse. Il paraît que l'on met dans un livre ce qu'on ne peut pas dire, mais qu'ai-je voulu dire? Sinon l'extravagante patience d'un homme à devenir libre, sa détermination hors normes.

Je crois que c'est le silence que je voulais dénoncer, cette absence de textes et de témoignages directs sur tout un pan d'une histoire récente. Cette absence de recherches, d'archéologie. Seuls quelques universitaires ont tenté de briser ce silence. On en sait plus sur le Moyen Âge que sur l'esclavage. La phrase de l'universitaire Hubert Gerbeau, « L'histoire de l'esclavage est une histoire sans archives », est tellement juste. Je suis effaré par la quasi-inexistence des archives, leur éparpillement quand elles existent, le peu de témoignages des victimes, l'effacement progressif des traces écrites. On découvre de nombreux exemples de carnets de chasseurs d'esclaves, de comptes rendus d'esclavagistes ; ils sont nécessaires, il faut les montrer, mais on peut regretter qu'il existe si peu de témoignages des personnes asservies. Et pourtant, de Furcy, j'ai aimé ses silences. Ces silences qui ont été sa force, et sa chaîne.

Lorsque je me rendais aux Archives départementales de la Réunion, je voyais tous les mardis des personnes arriver avec des longues feuilles sur lesquelles figuraient des arbres généalogiques. Des clubs s'étaient constitués, certains s'étaient spécialisés par ethnie, cela paraissait étonnant sur une île aussi métissée. Toutes ces personnes étaient en quête d'un ascendant, cherchaient un acte de naissance ou de mariage. Cette quête était fiévreuse, il me semblait qu'elle constituait un enjeu que j'étais loin de soupçonner. Tout cela m'a ému. J'ai vu un homme qui tenait une feuille particulièrement grande (pas loin du mètre carré). Je lui ai fait remarquer, en souriant, qu'avec un tel arbre, sa généalogie devait remonter au Moyen Âge. Il m'a dit : « Non, l'arbre est coupé en 1848 ! Je ne trouve pratiquement rien avant l'abolition. » J'en ai rencontré un autre — un entrepreneur à la retraite d'origine indienne —, il avait réalisé un travail extraordinaire recensant plus de 3 200 noms de ses ascendants. Il en avait fait un livre. Furcy étant aussi d'origine indienne, on m'avait conseillé d'aller le voir : il mentionnait trois Furcy, mais aucun ne correspondait au mien.

Ce qui m'étonnait, c'est que toutes ces personnes qui effectuaient des recherches étaient persuadées d'avoir un ascendant esclave. Pourtant cet ascendant aurait très bien pu se révéler un noir ayant possédé des esclaves ou ayant été un commandeur. C'était possible.

De retour à Paris, le 12 mai 2009, deux jours après la commémoration de l'abolition de l'esclavage, j'ai rencontré une amie, une femme charmante, aux yeux bleus magnifiques.

Nous parlons de choses et d'autres, et vers la fin de la conversation, j'évoque l'affaire de l'esclave Furcy. « Ah! me dit-elle, tu connais mon nom complet? Celui qui figure sur ma pièce d'identité? Je ne le dis jamais, il est trop long. C'est Panon-Desbassayns de Richemont. J'ai chez moi le portrait de mon aïeule, Mme Desbassayns. Nous avons les mêmes yeux. »

Quand ils ont eu vent de mon projet, des descendants de Sully-Brunet m'ont également appelé.

Et Furcy, où sont ses descendants? Aujourd'hui, encore, après quatre années d'enquête, je suis incapable de savoir quand et où il est mort. Je n'ai pas même son nom.

ANNEXES

SOURCES

Tout a commencé par la lecture d'une dépêche de l'Agence France-Presse datée du 16 mars 2005 ; elle a été peu reprise par les journaux, sinon sous forme de brève. Son titre était : « Le drame de Furcy, né libre, devenu esclave », elle comportait quelques erreurs de date mais résumait l'essentiel.

Pour retrouver Furcy, je me suis appuyé sur des archives, des lettres manuscrites, et les plaidoiries. La plupart de ces documents méritent d'être publiés tels quels tant ils sont fascinants. J'indique, ci-dessous, les lieux où on peut les consulter. Je formule le vœu qu'ils puissent être rassemblés en un seul endroit. Pour mieux saisir l'époque, j'ai lu, principalement, les différents codes noirs, des récits de voyages, et les ouvrages référencés ici.

Je me suis inspiré des Archives départementales de la Réunion, préemptées par l'État le 16 mars 2005, à l'hôtel Drouot. On y trouvera la plaidoirie de Godart Desaponay et celle de l'avocat Joseph Rey ; ces textes sont à mon sens les plus importants. Il y a également la pétition en faveur de Sully-Brunet, qui recoupe un peu les autres documents.

À la BNF, j'ai trouvé l'extraordinaire, la fabuleuse plaidoirie de maître Ed. Thureau, Cour royale de Paris.

Les quarante pages de la lettre manuscrite de Philippe Desbassayns de Richemont au ministre, qui se trouvent aux Archives nationales de l'Outre-mer (Anom), à Aix-en-Provence, sont tout simplement révélatrices. En voulant dénoncer les agissements de Furcy, de Gilbert Boucher et de Sully-Brunet, Desbassayns dresse le tableau et l'esprit d'une époque et d'une administration coloniale. C'est d'un immense intérêt. Tout ce que dit ou pense Desbassayns dans ce récit est contenu dans sa lettre. Je n'ai rien inventé.

De même que les paroles d'Auguste Billiard dans le deuxième chapitre proviennent, à deux ou trois mots près, de son *Voyage aux colonies orientales* que l'on peut se procurer aux Éditions Arts Terres Créoles, collection Mascarin. Des observations tout à fait subjectives, mais nécessaires à la compréhension d'une époque.

Le petit discours du prêcheur est inspiré du texte de l'abbé Grégoire, *De la traite et de l'esclavage des noirs.* Les éditions Arléa ont publié ce discours avec une présentation d'Aimé Césaire.

J'ai compris beaucoup de choses après la lecture de *Révolution française et océan Indien. Prémices, paroxysmes, héritages et déviances,* des textes réunis par Claude Wanquet et Benoit Jullien, université de la Réunion, association historique de l'océan Indien, L'Harmattan. C'est dans cet ouvrage que l'historien Hubert Gerbeau évoque, sur quelques pages, Furcy. Gerbeau a aussi écrit un texte d'une puissance et d'un intérêt rares : *Les esclaves noirs, pour une histoire du silence,* Balland, un ouvrage malheureusement épuisé.

Il faut bien sûr se plonger dans les différents codes noirs, il y a quelque chose de terrible et de saisissant, même s'il ne s'agit pas de juger rétrospectivement. Pour Sarda-Garriga, il faut lire *Histoire de l'abolition de l'esclavage dans les colonies françaises. Première partie, île de la Réunion, sous l'administration du commissaire général de la République, M. Sarda Garriga,* par Benjamin Laroche, Victor Lecou, libraire-éditeur.

De la servitude à la liberté : Bourbon des origines à 1848, de Jean-Marie Desport, Océan Edition, est fort utile. Ainsi que *Regards croisés sur l'esclavage,* CNH la Réunion/Somogy, qui reste l'un des meilleurs résumés de la période.

ÉLÉMENTS BIOGRAPHIQUES

Voici les dates que j'ai pu recouper des différents événements concernant « L'affaire de l'esclave Furcy ». Il y avait de nombreuses variantes d'un document à un autre pour un même fait.

1759	Naissance de Magdalena en Inde, à Chandernagor.
1768	À huit ou neuf ans, elle est vendue à Mlle Dispense. On lui donne le prénom de Marie-Madeleine. Elles vont à Lorient durant trois ans — ou cinq ans, selon les textes.
1771	Madeleine et Dispense sont à Bourbon. Madeleine est donnée à Mme Routier.
1776	Naissance de Constance. Madeleine a dix-sept ans. Constance a un frère, Maurin, né quelques années avant elle. Il mourra en 1810 lors de la prise de Bourbon par les Anglais.
1786	Naissance de Furcy le 7 octobre.
1789	Madeleine est officiellement affranchie, elle reste chez Routier.
1808	Mort de Mme Routier, qui lègue Madeleine et Furcy à son neveu et gendre Joseph Lory. Constance a été rachetée par son père naturel.
1817	Mort de Madeleine. Furcy, trente et un ans, et Constance, quarante et un ans, apprennent que leur mère était affranchie depuis vingt-six ans.

1817	Furcy assigne Joseph Lory au tribunal d'instance de Saint-Denis le 17 octobre. Il est déclaré marron.
1817	Furcy est arrêté et conduit en prison le 28 octobre.
1817	Il perd son procès en première instance, au tribunal de Saint-Denis, le 2 novembre.
1818	La cour d'appel de Saint-Denis confirme l'arrêt du tribunal d'instance, le 12 février.
1818	Furcy sort de prison le 2 novembre mais il est envoyé à l'île de France (île Maurice) dans une habitation appartenant à la famille de Lory.
1818-1828	Il effectue des travaux forcés dans l'habitation à l'île Maurice.
1829	Les autorités mauriciennes (l'île appartient aux Anglais) le déclarent libre car il n'a pas été déclaré à la douane en tant que marchandise…
1835	L'avocat Godart Desaponay effectue un pourvoi en cassation le 12 août.
1838	Furcy se trouve à Paris pour son procès de renvoi à la Cour de cassation. Il ne savait pas qu'un pourvoi avait été effectué le 12 août 1835. La cour casse l'arrêt et le renvoie à la Cour royale de Paris.
1843	La Cour royale de Paris accorde la liberté absolue à Furcy, le 23 décembre.

REMERCIEMENTS

Merci à toutes celles et à tous ceux qui d'une manière ou d'une autre ont contribué à la naissance de ce livre.

La Direction régionale des affaires culturelles, les Archives départementales et la Bibliothèque départementale de la Réunion, ainsi que la Mairie de Saint-Denis et l'association la Réunion des livres pour leur aide.

Yannick Lepoan, Laurence Macé, Marie-Jo Lo Thong, Olivier Poivre d'Arvor, Jean-Marc Boyer, Bernard Leveneur, Nadine Rouayaroux, Sandrine Vasseur, Yves Miserey, Christophe Cassiau, Irène Frain et Isabelle Thomas pour leur soutien.

Les historiens Hubert Gerbeau, Sudel Fuma, Prosper Eve et Claude Wanquet pour s'être intéressés à Furcy.

Philippe Demanet, Christian Giudicelli, Jean-Marie-Laclavetine et Anne Vijoux pour leur confiance.

Freddy Joory et Florence Philippon pour leur attention.

À mes parents, Zoulikha et Mehdi, et mes cinq sœurs : Nacéra, Rachida, Fatima, Fatiha, Malika.

Et un signe tout particulier à Anne-Sophie, Salim et Christian...

COLLECTION FOLIO

4930. Danièle Sallenave	*Castor de guerre*
4931. Kazuo Ishiguro	*La lumière pâle sur les collines.*
4932. Lian Hearn	*Le Fil du destin. Le Clan des Otori.*
4933. Martin Amis	*London Fields.*
4934. Jules Verne	*Le Tour du monde en quatre-vingts jours.*
4935. Harry Crews	*Des mules et des hommes.*
4936. René Belletto	*Créature.*
4937. Benoît Duteurtre	*Les malentendus.*
4938. Patrick Lapeyre	*Ludo et compagnie.*
4939. Muriel Barbery	*L'élégance du hérisson.*
4940. Melvin Burgess	*Junk.*
4941. Vincent Delecroix	*Ce qui est perdu.*
4942. Philippe Delerm	*Maintenant, foutez-moi la paix!*
4943. Alain-Fournier	*Le grand Meaulnes.*
4944. Jerôme Garcin	*Son excellence, monsieur mon ami.*
4945. Marie-Hélène Lafon	*Les derniers Indiens.*
4946. Claire Messud	*Les enfants de l'empereur*
4947. Amos Oz	*Vie et mort en quatre rimes*
4948. Daniel Rondeau	*Carthage*
4949. Salman Rushdie	*Le dernier soupir du Maure*
4950. Boualem Sansal	*Le village de l'Allemand*
4951. Lee Seung-U	*La vie rêvée des plantes*
4952. Alexandre Dumas	*La Reine Margot*
4953. Eva Almassy	*Petit éloge des petites filles*
4954. Franz Bartelt	*Petit éloge de la vie de tous les jours*
4955. Roger Caillois	*Noé* et autres textes
4956. Casanova	*Madame F.* suivi d'*Henriette*
4957. Henry James	*De Grey, histoire romantique*
4958. Patrick Kéchichian	*Petit éloge du catholicisme*
4959. Michel Lermontov	*La Princesse Ligovskoï*
4960. Pierre Péju	*L'idiot de Shangai* et autres nouvelles
4961. Brina Svit	*Petit éloge de la rupture*
4962. John Updike	*Publicité*

Composition Cmb Graphic
Impression Maury-Imprimeur
45330 Malesherbes
le 12 août 2011.
Dépôt légal : août 2011.
Numéro d'imprimeur : 165984.

ISBN 978-2-07-044384-0. / Imprimé en France.